大语文

阅读与写作的经典文本

人文与语文的完美统一

曹文轩 编

李云雷 蔡郁婉
张雨晴 郑明和 点评

深夜里
长出的
灯火

明天出版社

图书在版编目（CIP）数据

深夜里长出的灯火 ／ 曹文轩编.—济南：明天出版社，
2018.5
（大语文）
ISBN 978-7-5332-9800-5

Ⅰ．①深… Ⅱ．①曹… Ⅲ．①世界文学－作品综合集
Ⅳ．①I11

中国版本图书馆CIP数据核字(2018)第075848号

Dayuwen　　Shenye Li Zhangchu de Denghuo
大语文　深夜里长出的灯火

曹文轩　编

出 版 人／傅大伟
出版发行／山东出版传媒股份有限公司
　　　　　明天出版社
地址／山东省济南市市中区万寿路19号

http://www.sdpress.com.cn　http://www.tomorrowpub.com
经销／新华书店　　　　印刷／肥城新华印刷有限公司
版次／2018年5月第1版　　印次／2018年5月第1次印刷
规格／170毫米×240毫米　16开　16.75印张　160千字
印数／1—50000
ISBN 978-7-5332-9800-5　　　定价／25.00元

如有印装质量问题　请与出版社联系调换　　电话：(0531)82098710

前　言

　　这套书共十册。

　　从动议、立纲、于浩瀚无涯的文章汪洋中苦苦搜寻佳篇、无数次地斟酌推敲和无数次地大砍大伐篇目、无数次地增加新发现的佳篇力作，到出版，经历了很长时间。为出版这套书，从编选者到编辑，都投放了太多的时间与心血。天下文章虽不可穷尽，但编选者的姿态却由始至终就是欲将天下的文章穷尽。当下各种名目的读本，不说是满坑满谷，也可说是令人眼花缭乱，编选者与编辑者又自抬门槛要与已有的各种版本的正式语文教材之选目避开，在如此情景与要求之下，编出十本一套的书来，除了要将视野一次一次地扩宽，除了要处心积虑地重建体系，除了要独辟蹊径另觅天地，除了要精雕细刻、悉心揣摩，又能如何？这个过程是一个劳心劳力的过程，好在现在终于有了成果，好在所有参与者都觉得这个过程也是一个让各自提升的过程，内心无怨无悔。

　　将这套书命名为"大语文"，其意味颇为深长。

　　当下语文教材的编写，早已突破从前令人感到机械、陈旧、压抑、沉闷的樊篱，一方新的语文天地，已经很有气象。公平竞争带来的各种语文教材版本的问世，使语文教学初步进入多元化的格局。20世纪末、21世纪初，由大学学者、语文教育专家、中小学老师及至作家等各式人等"共谋"并发起的这场语文革命，其意义已经超越了语文。但若冷静、深入地考量当下的语文教材，无论在理念还是在体制、体例等方面，都还有着明显的局限性。各种各样有形与无形的限制、依旧还显落套的评判标准、编写人员阅读视野的狭小和近年来出现的一些偏激的语文观念，所有这一切，都导致了现有语文教材不能不存在着这样那样的缺憾。我们发现了一个可供我们再创造的巨大空间。我们将这套书的功用定位在：开辟语文的第二课堂。这套堂外的"大语文"欲与堂内的"语文"形成一种优美的张力。两者之间的关系是一种相映成趣、相映生辉的关系。我们希望这套书成为优质的民间语文读本。我们的目的是一致的：提升这个民族的语文境界。

选编的宗旨是一开始就确立的：一、立人。一套好的语文读本应承担着对健全人格培养的责任，更承担着对未来民族性格塑造的责任。二、传承文化薪火。语文在一个国家、一个民族的文化大业中承当着桥梁作用，民族文化的信息、元素、精髓，因它而存在，因它而流传，因它而发扬光大。三、亲近母语。语言是一个民族存在的形式，一个民族的特质、风气、思维方式与审美格调，都与其休戚相关。

　　我们在选文时明确了一些原则：一、"人文"与"语文"的完美统一。反对两个极端，强调"语文读本"与"人文读本"的区别，"语文"二字是选时的第一关键词。二、关注社会发展，贴近学生生活，将对话机制作为这套读本的重要机制。三、注重经典，强调名篇，将大量被忽视然而又确实具有经典性的文本引入读本，使这套书的文本焕然一新。四、培养主动探究精神，造就创造性思维，使语文学习成为具有实践性的活动。五、充分认识写作对于一个人的意义，将阅读与写作紧密衔接，所选文章不仅是有影响的，而且必须在文章的作法上是有说道的。

　　十本书是一个整体，编写必有一个通盘考虑：一、将总体体例、布局与局部构思、定点结合起来，使十册书成为有机联系与合乎逻辑的整体，由浅到深，循序渐进。二、打破当下语文教材差不多都以"人、自然、社会"为纬度的清一色的编选框架，而选择更加系统也更加合理的模式。在本套书的编选者看来，天下知识天下事、一个完美的人所需要学习与修炼的课程（除去自然科学不论），大致可归纳为八大系统与维度：1. 审美。在人们的意识中，"力量"一词只与"思想"一词有关，很少人将其与"美"相联系，而实际上美的力量绝不亚于思想的力量。审美教育，是共和国语文教育的一大缺失，这一缺失后患无穷。2. 励志。理想、志向、精神、坚毅之品格……人格的质量来自于自小的修炼与人生目标的树立。3. 情感。我们通常的教育只注意到思想教育，殊不知，情感对于一个人的意义绝不亚于思想的意义，情感教育也是教育。4.思想。它既是一个名词，也是一个动词——思想是人、人类获得提升的一种必要行为。5.情趣。趣味、幽默，理应看成是一个"完人"的基本品质之一。6.道德。人是社会之人，一个理想社会的运转需要道德的维系，中国文章，许多是关于道德的文章。7.智慧。它属于哲学范畴。中国是一个讲智慧的国度。中华民族所留下的文献，有大量的篇幅是文韬武略以及关于人生智慧的。苏格拉底、孔子讲的都是智慧。8.原道。世界从何而来？世界的本质又是什么？如何认识这个世界？等等。以上种种，可简约为：美、志、情、思、趣、德、智、道。

这八大系统与纬度贯穿于十册书之中。而每一项，在十册书中又都有着不同的方面与层次。比如审美可分为：自然之美、境界之美、语言之美、艺术之美、科学之美等。还可再细分，比如自然之美再分为：季节之美、山川之美等。

十册书在结构上有显形结构与隐形结构之分。以上所讲八大系统与维度为显形结构，另有若干隐形结构的安排。比如文体知识的结构、写作知识的结构等，都作为隐形结构贯穿其中。

在整套书的编排上，力图显示出足够的智慧、艺术性与新颖别致。每一单元乃至每一篇文章都是经过精心、巧妙的设计的，而所有这些设计的目的都在于提升阅读人的人文素质、语文水平与写作能力。

　　我们之所以强调选择经典与名著——即使那些没有定评的文章也是考虑到它们具有经典性才被采用的，是因为我们注意到了一个严峻的现实：阅读生态严重失衡。

　　现在的问题是两方面的：一、阅读之风日益衰败；二、勉强维持的阅读，又是一种质量低下的阅读。如今，在中小学生们手头上流传的书籍，十有八九是一些品位不高的书籍。在享乐主义盛行的今天，这些以玩闹、逗乐为唯一取向的书籍，除了能在其中获得一时的愉悦之外，对成长，对人生，甚至对写作都用处不大。

　　因为，它们没有文脉，阅读再多，也不能形成一股无形的语流贯注于笔端。从前我们曾有过的那种因阅读了一些经典与名著，一落笔就有了一种经典与名著的气韵之美的好感受，已经很难遇到了。

　　阅读经典、名著是一种科学行为。一般人因为条件的限制或者不知阅读经典、名著乃为科学行为，往往逮住一篇阅读一篇，殊不知阅读二流三流末流的文章不仅事倍功半，甚至还会伤害自己的欣赏力。对于一些研究者而言，出于专业的需要，他们的阅读往往不是以好坏高低来对文本选择的，他们的阅读是一种工作，一种任务，即使二流三流末流的文章也要进行阅读，这是没有办法的事。而一般的阅读，仅仅是一种欣赏，因此，阅读应是经济的，也就是说，应用较少的时间，获得最高质量的欣赏和最丰富的收获。经典、名著是经过无数专家学者研究、论证以及广大读者的比较与鉴别之后而论定的。它们在思想与艺术上，都是第一流的。"取法于上，仅得为中；取法于中，故为其下。"前人早做了总结。一些人看书虽多，但由于不读经典、名著，在二流三流末流之文字的汪洋里混来混去，时间既久，受其规约和感染，不知不觉之中，思想、艺术乃至各方面的标准都降低了，结果将自己的情感搞得很浅薄，将自己的思维搞得很平庸，将自己的语言搞得很俗气，如果转而进行写作实践，写来写去，终究写不出一篇像样的东西来。

光谈经典、名著，不谈读法不行——经典、名著有经典、名著的读法，这与什么菜有什么菜的吃法同出一理。有一点是肯定的：读经典、名著得细读。只有细读，才能领略到其中的微妙之处。二流三流末流之作，往往张牙舞爪，不必多费脑筋，就能看出它的动机，而经典、名著之魅力，却正在于它们的一切是含而不露的。因此，阅读必须是仔细的。唯有反复阅读，方能得其奥妙。不然，非但没有获得什么，还会糟蹋了好东西。

我们在十本书中所进行的导读与设问，都有这样一种思路：引导细读，通过细读，看出肌理，看出境界与神髓之所在。

语文的学习与其他学科的学习很不一样，其他学科的学习差不多在课堂上就能完成，而语文的学习，其课堂学习只是很有限的一部分。如果说语文课本是一座山头，那么，若要攻克这座山头，就必须调集其他山头的力量。而这里所说的其他山头，就是指广泛的课外阅读。一本本书，就是一座座山头，这些山头囤兵百万，只有调集这些力量，语文这座山头才能最终被拿下。

当然，这套书还不仅仅是为了更好地学习语文，使语文取得优异的成绩，就是作为通常意义上的日常阅读，它也是一套有理由向所有愿意读书的学生推荐的书籍。

曹文轩

2016 年 4 月 18 日于北京大学蓝旗营

目　录

▍物我两忘之境

▍月映万川

▍光芒涌入

▎与文字共舞

▎荆棘路上

 **凡墙都是门**

凡墙都是门，意味着一切障碍都可以逾越。这里的几篇文章便向我们展示了不同的逾越方式，我们从中可以看到巧妙的构思与高超的艺术技巧。阅读这些文章，我们可以暂时脱离现实生活，达到一种神奇的艺术境界。而每篇文章又各自不同，各有其独特之处，有的将现实与虚构巧妙地编织起来，有的则将梦境推进到极致，让我们看到了虚幻的花朵在现实中绽放的情景，这正是人类想象力的可贵之处。

蜗　居①

宗璞　著

　　大野迷茫，浓黑如墨。我在黑夜的原野上行走，再也找不到自己的家。

　　是谁遗弃了我吗？是我背叛了什么人吗？我不知道。我走着走着，四周只有无边的黑暗。我是这般孤独和凄冷。我记不起是否曾有过一个家，一个可以自由自在，说话无须谨慎小心的家。在记忆中，我似乎从来便是在这黑夜中寻找，寻找我那不知是否存在过的家。

　　我注视着黑夜，黑夜在流动。夜幕忽浓忽淡，忽然如一堵墨墙，忽然又薄如布幔。我想掀开布幔看清前面的路，可是我什么也摸不着，眼前还是迷迷茫茫，混沌一片。我在黑夜里踉跄地行走。我的家，如果过去不曾存在的话，是否在前面的路上，会有一个小窝，容我栖息、给我温暖呢？

　　走着走着，我真的碰上一堵墙。石壁凹凸不平，上面缠绕着层

---

① 选自《钟山》（1981 年第 1 期）。

层绳索。我摸了一阵，才知道那是千头万绪的藤蔓。但是空气中没有一点属于植物的清新气息，想来已只剩了枯黄的一层。这是山的峭壁，还是房屋的墙壁？我该往哪里走呢？我踌躇，顺着石墙走去，一面在凹凸不平的石块和纠结的枝条中摸索找寻。

忽然间，墙上开了一扇不大的门。随着门的开启，飘出一阵浓雾，立即呛得我咳个不停。我仍踌躇着，走进去了。

这是一间很大的厅堂，进去后便看不见墙壁，只在浓重的烟雾中透露出微弱的光，隐约照见地上一排排的人，半坐半跪，正在摇头晃脑地念着什么。隔几排人点着一排大香烛，香烟袅袅，便是浓雾的来源了。他们是和尚，道士，还是天主教基督教的什么会士？我不知道。渐渐地，在暗淡中看清了他们的表情，使我一惊。他们每人都像戴了一个假面具，除了翕张的嘴唇，别处的肌肉不会动一动。我进去了，也如同我不存在，没有一个人抬动一下眼皮。

在迷漫的香雾中有着不和谐，仿佛正在刺透那灰蒙蒙的空气。我定了定神。那是清醒的、冷冷的目光。只不知在哪里。

不知因为什么，一个人猛然纵身跳起，又使我吃一惊。他跳起后便在大厅里奔跑，从左到右，又从右到左，来回不停。他的举止僵硬，像是一个提线木偶。他跑了一阵，又有一个人站起来随着跑。他们的动作这样笨拙，显然是别人设计的。我注意地看，见许多人身后都背着一个圆形的壳，像是蜗牛的壳一样。再看坐着念诵的人，有的也有蜗壳，有的没有，看上去光秃秃的。渐渐地，跑的人越来越多，却没有人碰撞到我。

忽然，响起了沉重的脚步声。奔跑的人群先愣住了，经过几秒钟死一样的寂静，又猛醒地四散奔逃。有壳的人头上伸出两个触角，不断抽动，像是在试探平安，不一时，人散开了。厅中空地上站着一个方方的壮汉，使人想起机器人。他大声宣布："奉上级指示，清查血统。检举有功，隐瞒有罪！"随着洪钟般的话声，他旁边又冒出几个壮汉，每个人都在自己身上扭动一个开关，一个个抬起手臂，手臂变成探照灯一样，向人群中照射过去。

人群在继续奔逃，他们除了像木偶，还有点像影子，奔走时并没有声音，这倒使我害怕起来。带蜗壳的人找到一个他认为安全的香烛，便躲在烛后，缩进壳中；没有壳的人动作灵活些，有的逃得不见踪影，有的一面走一面向自己身上吐唾沫，大概想造起一个硬壳。探照灯在人群中扫来扫去，追赶着人群。

在一片惊恐、混乱中，还是有着清醒的、现在是痛苦的目光。只不知在哪里。

一个壮汉猛然大喝一声，盯住一个正在往大厅深处跑去的人，随即用手拉着一根看不见的绳索，那人在地上滑了过来。到得"探照灯"前，灯光照得他身体透亮。我看见他的皮肤下面流着鲜红的血，和任何人一样的鲜红的血。莫非这血液便是他的罪状？再一瞬间，这人缩成指甲大小，壮汉把他拾起扔在脚旁的一个类似字纸篓的筐里，紧接着又是一声大喝，一个蜗壳滑了过来，在灯光下先伸出两个触角，但这里哪有他试探的分，再一转眼，他也缩小了，如同一个普通的蜗牛，给扔进了字纸筐。

一会儿筐快满了。壮汉们似有收兵之意，忽然一个人直向厅中心跑来，大声叫着："告！告！"他指着一个雕刻着花纹的大蜡烛，蜡烛后面躺着一个大蜗壳，滚烫的蜡烛油滴进壳中，壳的主人也不敢动一动。但他还是跑不了，探照灯照上了他，他也给吸进了字纸筐。

我注意到这喊着"告"的，便是最先起身响应奔跑的那位。奔跑当然不是他的发明。他又"告"了好几个。每次跑到亮光前，光照透了他的身体，可以清楚地看见他的心脏和头脑都紧紧地绑着绳索，他的脸在假面具后露出虔诚的表情，那是十分真实的虔诚，我想。

那筐满了，小东西们在筐里挣扎着，探照灯减弱了。清醒的、痛苦的目光显露出绝望的悲哀，仍不知在哪里。那位告发者退到人群中，忽然一声响亮，他平地飞升了。我挤向前，想看个究竟。他越升越高了。大家都抬着头，张着嘴看他。我下意识地一把拉住他的脚。我也飞升了。不知他是不觉得我的分量，还是觉得了不敢声张。转瞬间我们便来到另一座高处的厅堂，这里灯火辉煌，绝无烟雾干扰，大概是天堂了。下界的香火，显然是达不到这里的。

这里的人不再半坐半跪地诵经了。他们大都深深埋在一个个座位里，有的是沙发，有的是皮转椅，也有镶嵌了大理石的硬木太师椅。他们无一例外地各有一个壳，但这壳不是背在背上，而是放在自己的座位旁边。有的正在壳上涂画图案、花纹。我追随的人观察了半天，看准一张摆在凸花地毡上的墨绿色丝绒大沙发，便冲过去坐下了。他那如释重负的摊开的四肢，说明他再也不想起来。"你起来！我早看上这位子了。"忽然一声断喝，凸花地毡上冒出一个古色古香的小老头，宽袍大袖，举着牙笏，可说的是现代语言。经这一喝，我才发觉这厅里是一片喧闹。几乎每个座位周围都冒出了人，有的争吵，有的撕扯，有的慷慨陈词，有的摩拳擦掌，真是人声鼎沸。在这混乱上面，却飘着一派美妙的音乐。音乐这样甜，这样腻，简直使人发晕。渐渐可以从甜腻里分辨出，这是赞美，是崇拜，是效忠的信誓旦旦。原来下面厅里念的是《圣经》，这里唱的只是《所罗门之歌》了。《所罗门之歌》直向上空飘去。我才想起，天，是分为九重的。

这绝不是我所寻找的家。嘈杂、混乱齐向我袭来，像要把我挤扁、让我窒息，我必须离开。我穿过身着各个朝代服装的人群，碰撞了好几个人，他们却看不见我。这里和下面一样，以为只要看不见，就能否认事实的存在。

我又在黑暗里行走了，眼前迷迷茫茫，混沌一片。我多么渴望能有一盏灯火，哪怕是在最遥远的地方有一丝光亮。四周是太黑暗了，黑得发硬，也在把我挤扁，使我窒息。我走啊，走啊，一脚高一脚低，转来转去，又碰上凹凸不平的石壁，层层缠绕的绳索。我又走进了那座厅堂。

时间不知已过去了多久，这里不知是在进行第几次什么名目的清查。清查的名目很多，可谓俯仰皆是。方方的壮汉还是在用那不可思议的力量进行搜捕。人们为什么这样驯服？可能是变作指甲般的小东西，也还是可以活下去吧。

这时一个大蜗牛给吸到厅中，强烈的电光照透了蜗壳，一个人蜷伏在壳里，恐惧地用手捂住眼睛。"都背着这玩意干什么！"几只脚踩下来，蜗壳碎裂了。几只手撕下长在肉身上的蜗壳。

"且慢！"人群中冲出一个年轻人。他站在受伤的蜗壳旁。"每一个人，都应该像人一样，活在人的世界！"他仰面大声说。他身材单薄，脸庞秀气，那清醒而又痛苦的目光，在这里了！他居然敢脱下面具！眼泪从他秀气的脸上流下来，在脚下立即冻成了冰。

"不要命了？何苦呢？"人群中窃窃私语。

"总有一天，真理无须用头颅来换取！"青年面对灼人的白光，弯身去扶那受伤者。

"还不与我拿下！"头顶上轰然响起了洪钟般的声音。这声音很远，一层层向下传来，响彻了这厅堂，一直冲向黑夜的荒野。紧接着轰隆隆一阵巨响，莫非是掌心雷？只见青年猛然矮了一截，他正向地底下沉去。周围没有人动一动，宛如一大块冰。我见他沉落得只剩了头，忍不住扑过去抓住他的头发。这一来，我也随着他向下沉落了。

地面在我们头上合拢，人群中忽然传出隐约的哭声。总还是有人惊惶，有人哀悼吧。青年的秀气的脸上，露出一丝微笑。"我死，也甘心的。"他对着我，自言自语。

我们落入了阿鼻地狱，地狱的惨状如果形诸笔墨，未免不合美学标准，所以略过。遇见的几个人物，他们的魂魄充塞于天地间，故此不得不提。

我们最先看见的是东汉时期的范滂。他仍处在"三木囊头，暴于阶下"的位置。他的手、脚和头颈都套着沉重的木枷。木枷上生着碧绿的苔藓。壁虎、蜥蜴在他头上爬来爬去，好像他已是一具死尸。这里照说没有光，但这里根本不需要光。他一下子就看见了我们。他大睁着两眼，透过苔藓和乱草般的须眉，目光炯炯地打量着那青年。他说话了，一只壁虎从他嘴边跳开去。

"如果我叫你们行恶，恶是做不得的。如果我叫你们行善，可我并未作恶啊。"他说。

我不知这是什么意思。青年凄然一笑，答道："在黑暗中行走的人，往往需要用头颅做灯火，只为了照亮别人的路。"

范滂炯炯的目光中露出了理解、同情和欣慰。这时忽听砰的一声，一个大瓦钵扣在他头上，几只蜥蜴从木枷上震落下来。他的目光透过瓦钵的裂缝，仍在炯炯地看着我们。

我们再往前走。走着走着，先觉得四周出现了异乎寻常的亮，然后看见远处的火光，火光越来越亮，熊熊的火舌向上伸卷，在火焰中，柴堆上，站着一个须发皆白的衰弱的老人。那是布鲁诺！那一年他是五十二岁。原来我们来到了十六世纪的罗马鲜花广场。布鲁诺的衣服着火了！头发也着火了！他整个成了火人！他看见我们了。他的目光是衰弱的，我却觉得它比火焰还明亮，还炽热。他对青年用力地说：

"你来了！你愿用头颅照亮世界吗？"

他的声音也很微弱，却在刹那间传遍了广场。广场上观看火刑的黑压压的人群波动起来。"你愿用头颅照亮世界吗？"微弱的声音在回响，我战栗了，向后缩，缩在人群中。人们挤来挤去，几乎每人都提着一个蜗壳样的东西，互相碰撞。

像受到什么力的冲击，人们自觉或不自觉地站开，让出一条路。我所追随的秀气的青年挺直了单薄的身躯向火堆走去。

"我愿意！"他昂头答道。火光照在他那英俊的头上。这颗头颅不久便不属于他了。会属于谁呢？我不知道。"我愿意！"他的声音并不洪亮，但穿透了广场上每一个有心人的心。

衰弱的已成为火人的布鲁诺转动着头，从容地把广场看了一遍。

广场上静极了，只有火在燃烧的声音。他想张开两臂，拥抱这说"我愿意"的年轻人，拥抱这处他以极刑的世界。但他是绑着的。他长笑道："那么永别了，环绕太阳转的地球！"他垂下了头。

火光陡地熄灭了，人群也不见了踪影。"这是应该住在天堂的人啊，他怎么在地狱？"我不由得问出声来。青年不答，只管赶路。他是在走向自己的刑场。

脚扎破了，血流出来。我们行走在铺满荆棘的路上。走着走着，前面来了一队人马，荷枪实弹，拥着一位中年人。他穿着朴素的灰布长衫，踏在荆棘上，沉着地走向生命的尽头。

"我愿意。"他和青年交换了目光，也交换了思想。我们默默地站在一旁，眼看他走上一块凌空的木板，站得笔直。他的头上，是打好了结的绳索。

他的左右，忽然出现了一副对联："铁肩担道义，妙手著文章。"我拼命睁大眼睛，想看清楚些。我不相信，连他，也给打入地狱了吗？他不得不永远重复那断气时一刹那的痛苦。他为了什么？这一切，又是为了什么呢？

"总有一天，真理无须用头颅来换取。"青年对着我，自言自语。

他随即沉着地大步向前走了，走向他自己的刑场。毕竟进入了二十世纪七十年代，人类文明多了，一颗精致的小小铅丸便能夺去人的生命，这个人的罪状只不过是说了几句真话，只不过他不愿戴上面具，变成木偶！他要用自己的头颅照亮世界。"我愿意！"他对我说。这一次他是看见我了！看见有这样一个苦苦追随的人，他多少有几分安慰吧。他那秀气的脸痉挛起来，他倒下了！他的头碰在水门汀地上，发出闷雷一样的声响。

"还有一个吧？"持枪的人搜索着。

我落荒而逃，跌跌撞撞，哪管脚下的荆棘乱石，眼前的深沟断涧。我一跤一跤地摔倒，再爬起来奔逃。我这平凡的头颅能作为一盏灯吗？我不相信。逃啊，跑啊，我以冲锋的精神逃命。

原来地狱也是可以逃出的，只要退却便行。我又落在无边的黑暗中了。黑夜还是在流动，有浓有淡，迷迷茫茫，混沌一片。但这时挤压我的不是黑夜本身，而是我心中的空虚和寂寞。

远处忽然有一点亮光！在无边的黑夜里，感到无边的空虚和寂寞的人，才知道一点亮光的宝贵。我又以冲锋的精神向亮光跑去。亮光越来越近，显出一行摇动的灯火的队伍。我喊叫着定睛看这队伍，惊得目瞪口呆。

那是一队无头的人，各把自己的头举得高高，每个头颅发出强弱不等的光，照亮黑夜的原野。他们从古时便在那里走，他们的队伍越来越长，他们手中的灯火也越来越亮。

我又逃走了。从那伟大的行列，从那悲壮的景象边逃走了。我在荆棘丛中、乱石堆里奔跑。跑着跑着，一间圆圆的小屋挡住我的去路。我毫不思索地推门进去了。

对了，这便是我的家！可又不像是我的家。我可以缩在里面，躲避风雨。如果没有压碎圆壳的力量，我是平安的。可这里这样窄小，我只能蜷缩着，学习进入半冬眠状态，若想活动身躯，空间和氧气都不够。我蜷缩着，蓦地想起背着蜗壳的上界与下界的人。蜗壳本身，改变不了别人安排的命运。

那灯火的队伍越走越近。我从门缝中望见了那耀眼的光华。他们走过去了。一个声音问道："你愿意用头颅照亮世界吗？"紧接着是此起彼落、参差不齐的回答：

"我愿意！我愿意！——"声音渐渐远去了。

在远处又传来悲壮的声音，这是换了一个人在呼喊了："你愿意用头颅照亮世界吗？"

我想追出去，但我能高举着自己的头颅行走吗？我这平凡的头颅能发出够亮的光吗？我还是迟疑，蜷缩在蜗居里。

灯火只剩了一点亮光，快要看不见了。我怎舍得这一点光亮呢。我真希望看见的不是在割下的头颅里点燃的灯火，而是在每个活着的头颅里自由自在地散发出的智慧的光辉。

"总有一天，真理无须头颅来换取。"秀气的青年对着我自言自语。我猛醒地想跳起身，追出去。若是我的头颅不能发光，就让我的身躯为他们减少一点路面的坎坷，阻挡一些荆棘的刺扎也是好的。

但我竟动不了身。圆壳中的黏液粘住了我。我跺脚，我挥着手臂，我拼命地挣，挣得筋疲力尽，瘫软在地上。我从门缝中看见黑夜的地平线上那一队摇曳的灯火，还依稀听见远处飘摇的声音："我愿意！我愿意！——"

我终于没有力气。我躺着，觉得自己在萎缩，在干瘪。有什么东西在嚼那圆壳，我在慢慢地消失——

我到了尽头。而那灯火的队伍是无尽的。

这一切都在黑夜里发生过了。既然天已黎明，又何必忌讳讲点古话呢！

1980 年 7 月

宗璞（1928—　），当代著名作家，原名冯钟璞，代表作有短篇小说《弦上的梦》，长篇小说《南渡记》《东藏记》等。

这篇文章较为抽象，富有寓意。作者写了自己在旷野中游荡时所见到的不同景象。在一间大厅里，她看到戴着假面具的人以及他们之间的相互倾轧。在更高处的厅堂里，她听到了甜腻腻的歌，"这是赞美，是崇拜，是效忠的信誓旦旦"。她又来到了"地狱"，在这里她看到了追求真理的人在受磨难。"你愿用头颅照亮世界吗？"这样的发问振聋发聩。最后她看到了一队"伟大的行列"，"那是一队无头的人，各把自己的头举得高高，每个头颅发出强弱不等的光，照亮黑夜的原野"。面对这一行列，"我"想追出去，但又感到迟疑，蜷缩在蜗居里。在这里，我们可以看到作者矛盾的态度，她对"人间""天堂"的虚伪感到恐惧，"地狱"和"伟大的行列"使她向往，但难以接近，她便只能躲在蜗居里了。

文章以现代主义的笔法，写出了作者的精神历程和人生态度。作者善于营造气氛，笔触细腻，给人留下深刻的印象。

宝 光[1]

李广田 著

在满天星斗的夜里，老牧人向小孙孙讲起了宝光的故事。

"看啊，孩子，"老人用烟袋指着远山说，"就在那边，在金银峪的深处，埋藏着无数的宝贝。"

小孩子仿佛已经入了睡梦，蹲在石头上沉默着，金银峪被包围在银色的雾中。

"那是几百年，也许是几千年前的事了，反正是在古年间，金银峪中埋藏着无数的宝贝。"老人又低声絮语着，"每到夜深人静的时候，金银峪便放出白色的光芒，那光芒好像雾气，然而那不是雾气，那就是宝光。看见那宝光的人是有福的，可惜人世间无福的到底比有福的多，所以能看见宝光的人实在很少很少。"

这时，那小孩才略微抬起头来，带着几分畏寒的意思，向金银峪疑惑地遥望。金银峪依然沉默着，在银色雾中被包围着。

---

[1] 选自李广田《中国现代小品经典·灌木集》，河北教育出版社，1994 年版。

　　"据说古时候有一个有福的人，他曾经到这座山里来参拜过。"老人重燃着了他的烟袋，一滴火星在黑暗中忽明忽灭，老人的故事就如从那火星的明灭中吐出。他又继续道："那有福的人在夜间登山，他就看见有宝光从金银峪中升起，于是他怀着虔敬的心，走向金银峪。他看见那峪中遍地黄金，随处珠玉，那白色的光芒便是从那些珠宝中发出。然而他并不拾取那些珠宝，因为他所寻求的并不是珠宝。"

　　老人稍稍停顿一会儿，仿佛等待小孩问他那朝山人所寻求的到底是什么东西，然而那小孩依然沉默着，并不发问，那老人就只好继续自己的故事。

　　"你一定想知道，那个有福的人所寻求的是什么东西。到底他寻求的是什么呢？这却传说不一。有人说他寻求的是不结籽的花草，也有人说他寻求的是不疗病的药石，又有人说他本来就无所寻求。他对于一切美丽的东西，宝贵的东西，只是赞赏，却没有一点据为己有的意思，可是美丽的东西，宝贵的东西，却常常叫他遇见。他不要金银，却能看见宝光，他说那宝光美丽极了。"

　　"自从人们听说金银峪里有珠宝，"老人的声音里仿佛带一点激昂，他的烟袋又熄灭了，他继续道，"自从这一带人们听说有珠宝，便都不安起来了，因为他们都起了贪心。他们常终夜不眠，只想看见宝光，可是他们永不曾看见。他们常在深夜中到金银峪去摸索，有人竟搬了大块的石头回家，希望石头能变成黄金，然而石头还是石头。他们的贪心不止，他们便争着到金银峪去发掘，从此以后，那宝光就永不再见了。"

老牧人说完之后又沉默着，小孩也不作声，只听羊群在山坡下吃草。远处隐隐还听到有流水的声音，好像是老牧人的故事的回响。

李广田（1906—1968），散文家，诗人。早年与卞之琳、何其芳合著《汉园集》，并称为"汉园三诗人"。散文集有《画廊集》《银狐集》等，文风朴实、真挚、亲切。

  《宝光》借老牧人之口，用缓慢悠长的语调讲述了一个民间传说似的故事，"有福的人"第一个发现金银峪中的珠宝，但并不拾取那些珠宝，因为他寻求的是其他的东西。因为他并不贪恋财富，财富方才出现在他面前，更彰显出有福的人的可贵之处。而在这一带的其他人知道珠宝的存在后，"贪心的人"苦苦摸索珠宝，珠宝却不再出现。人心的光明和贪婪，在珠宝的面前被照映出来。唯有品德高尚者，方能看到珠宝。

  老人在夜空下为小孙孙讲起宝光的故事，中间几次停顿，期待小孩的反应，小孩却一直沉默，仿佛已经睡去。这沉默为故事增添了宁静的气氛，故事意味深长地回荡在夜空下，回荡在读者的心灵之中，更令人回味无穷。

给匆忙走路的人 ①

严文井 著

　　我们每每在一些东西的边端上经过,因为匆忙使我们的头低下,往往已经走过了几次,还不知有些什么曾经在我们旁边存在。有一些人就永远处在忧愁的圈子里,因为他在即使不需要匆忙的时候,他的心也俨然是有所焦灼,只能等待稍微有一点愉快来找寻他,除非是因偶然注视别人一下,令他反顾到自己那些陈旧的时候内的几个小角落(甚至于这些角落的情景因为他太草率地度过也记不清了)。这种人的唯一乐趣就是埋首于那贫乏的回忆里。

　　这样的人多少有点不幸。他的日子同精力都白白地消费在期待一个时刻,那个时刻对于他好像是一笔横财,那一天临到了,将要偿还他的一切。于是他弃掉那一刻以前所有的日子而处在焦虑粗率之中,也许真的那一刻可以令他满足,可是不知道他袋子内所有的时刻已经花尽了。我的心不免替他难过。

---

① 选自《灯影玲珑——名人小品》,贵州人民出版社,1996 年版。

一条溪水从孕育它的湖泊往下流时，它就迸发着，喃喃地、冲击地、发光地往平坦的地方流去。在中途，一根直立的芦苇可以使它发生一个旋涡，一块红沙石可以使它跳跃一下。它让时间像风磨一样地转，经过无数的曲折，不少别的细流汇集添加，最后才徐徐地带着白沫流入大海里，它被人叹赏绝不是因它最后流入了海。它自然得入海。诗人歌颂它的是它的闪光，它的旺盛；哲学家赞扬它的是它的力，它的曲折。这些长处都显现在它奔流当中的每一刻上，而不是那个终点。终点是它的完结，到达了终点，已经没有了它。它完结了。

我们岂可忽略我们途程上的每一瞬！

如果说为了惧怕一个最后的时候，故免不了忧虑，从此这个说话人的忧虑将永无穷尽，那是我们自己愿意加上的桎梏。

一颗星，闪着蓝色光辉的星，似乎不会比平凡多上一点什么，但它的光到达我们的眼里需要好几千年还要多。我们此刻正在惊讶的那有魅力的耀人眼目的一点星光，也许它的本体早已寂冷，或者甚至于没有了。如果一颗星想知道它自己的影响，这个想法就是愚人也会说它是妄想。星是静静地闪射它的光，绝没有想到永久同后来，它的生命就是不理会，不理会将来，不理会自己的影响。它的光是那样亮，我们每个人在静夜里昂头时都发现过那蓝空里的一点，却为什么没有多少人于星体有所领悟呢？

那个"最后"在具体的形状上如同一个点，达到它的途程如同一条线，我们是说一点长还是一条线长呢？

忽略了最大最长的一节，却专门守候那极小的最后的一个点，这个最会讲究利益同价值的人却常常忽略了他自己的价值。

伟大的智者，你能保证有一个准确的最后一点，是真美，真有意义，超越以前一切的吗？告诉我，我不是怀疑者。

不是吗？最完善的意义就是一个时间的完善加上又一个时间的完善，生命的各个小节综合起来方表现得出生命，同各个音有规律地连贯起来才成为曲子，各个色有规律地组合起来才成为一幅画一样。专门等待一个最后的好的时刻的人就好像是在寻找一个曲子完善的收尾同一幅画最后有力的笔触，但忽略了整个曲子或整幅画的人怎么会在最后一下表现出他的杰作来？

故此我要强辩陨星的存在不是短促的，我说它那摇曳的成一条银色光带消去的生命比任何都要久长，它的每一秒没有虚掷，它的整个时辰都在燃烧，它的最后就是没有烬余，它的生命发挥得最纯净。如果说它没有一点遗留，有什么比那一瞬美丽的银光的印象留在人心里还要深呢！

过着一千年空白日子的人将要实实在在地为他自己伤心，因为他活着犹如没有活着。

导读

严文井（1915—2005），湖北武昌人。当代作家、散文家、著名儿童文学家。著有《南南和胡子伯伯》《丁丁的一次奇怪旅行》等。他的童话、寓言创作，故事生动、构思巧妙，具有很浓的哲理与诗意，被誉为"一种献给儿童的特殊的诗体"。

《给匆忙行走的路人》是一篇颇具哲理性的散文，我们行走在人世间，有时总是抬头望着远方，而忘记欣赏此时此地的风景，这样即使最终走到目的地，也在过程之中错过了太多。人生也要"可持续发展"，既要志存高远，又要珍惜每时每刻，不能为了将来而牺牲现在。结果固然重要，但过程中的酸甜苦辣也值得我们仔细品尝回味，领略其中蕴含的人生意义。

本文语言隽永优美，运用形象的比喻、反问等修辞手法抒发了作者的所思所感，请匆忙走路的人放慢脚步，学会欣赏路途中的点点滴滴，去领会更丰富的生命体验。

一花一世界

花一世界"包含着两层意思：一是一朵花就是一个完整的世界，二是从一朵花里可以看到整个世界。我们也可以把"艺术"理解为这里的"花"，它同样具有以上两重意思，其自身既是独立的、优美的，又折射出了世界的多姿多彩。怎样理解一件艺术品，如何从艺术中观察世界，是两个迥然不同但又相互关联的问题。这一单元所选的文章，或注重前者，或关注后者，从不同角度向我们介绍了"理解"与"观察"的方法，值得细细品鉴。

艺术家画像①

[奥地利] 里尔克 著　张黎 译

　　时间飞逝。一八九一年秋天，莫德尔松和马肯森重返杜塞尔多
夫，当他们走进"塔塔罗斯"②时，在那里发现了许多新人和不太
熟悉的面孔。来自沃尔普斯维德的客人，引起了学生们的好奇心和
惊讶。这些年轻人当中，没有谁能够想象，在冬天怎么能随便住在
一个村庄里，被大雪所围困，与世隔绝。其中有一个人感到特别惊奇，
他向奥托·莫德尔松走来，他虽然沉默寡言，却像是有话要说，当
说话的机会到来时，便询问怎么才能做到。"沃尔普斯维德？我知
道这地方，"他说，"我是不来梅人。"在交谈过程中他进一步询
问了那村子里的情况。人们可以发现，他对于亲身去经历一番考验，
并非没有兴趣。莫德尔松仔细观察着这个肩膀宽宽、嘴巴光光的年
轻人，他有一副笨重而敦实的体魄，当时他正跟着耶恩伯格③工作，
他最喜欢说的一句话是"自然力是可期而不可遇的"。莫德尔松邀

①选自《艺术家画像》，花城出版社，1999年版。
②塔塔罗斯：希腊神话中的宴府，提坦巨人的囚室，这里似指杜塞尔多夫美术院的一座教室。
③耶恩伯格（1826－1896）：瑞典画家，自1854年起在杜塞尔多夫从事绘画创作，作品以风俗画、静物
画和室内画为主。

请他来沃尔普斯维德。没过多久，他来了，还真的留了下来。这便是弗利茨·欧沃贝克。

沃尔普斯维德对于他来说，也是一次非同寻常的经历。与莫德尔松不一样，在这里他没有找到表达自己心灵的语言。他根本不想表达自己的心灵，他不是诗人。他躲在一个沉默的硬壳里幻想着，他需要在世界上为此找到一种平衡力量。所以他画呀，画呀，按照自己的肖像来描绘事物：粗壮，宽宽的肩膀，充满伤感的沉默。这里的事物究竟就是这样，还是他这样观察它们？总而言之，它们进入了他的观察视野，他研究它们那绚丽的色彩、它们那丰富的形式，研究它们那寂静的存在状态，所有这一切都能使他对自己周围的现实产生感受，而它需要的正是这样的现实。当他阅读比昂松的作品时，强烈吸引他的，正是这样的现实。他所想象的生活就是这样，他所说的生活就是这样，不管人们走到哪里，在距离费奥尔德① 不远的明亮小城里，只要人们走进去，便会看见那里的人们做着某种简单的事情、有益的事情，这是人们马上可以理解的。生着淡黄色头发的儿童，他们吃着的抹了黄油的面包，还有汪汪叫的小狗，所有的一切都是这样的有条不紊。人们可以与这些人坐在一起抽上一袋烟，通过明亮的窗户观看户外的风景。人们不必勉强说什么，至多说一句“你好”，但是，如果你心情愉快，想说些什么，也绝对不会是什么异乎寻常的事情，绝对不会。大家都觉得这是很自然的，

---

① 费奥尔德：挪威海滨被海水淹没的前冰川槽谷。

都很高兴，偶尔也插上一句话，而傍晚时分，这是寂静的、高高的、明亮的北方傍晚，古老教堂的钟声，在山岗上虔诚而庄严地响起来，这时所有人都会想到，这是傍晚时分。这并不是弗利茨·欧沃贝克所画的某种气氛，但是，当他作画的时候，他在经历着这种气氛。这时，人们会想到古代荷兰人，他们为了达到平衡，大概就是这样作画的。这也是一种适应生活的可能性，世界上有许多的可能性：幸运的与不幸的，简单的与麻烦的，寂静的与喧闹的。弗利茨·欧沃贝克作画，像某些人演奏音乐一样，他们演奏，而他们演奏的乐曲或粗犷，或温柔，或强烈，或紧张；但是，尽管他们演奏得非常熟练，他们自己却并未投入进去，他们演奏这首乐曲，只是为了证明自己是内行，而不是置身于歌曲之中，是置身于他自己存在的地方。他创作的画完全不同于音乐。音乐把一切现存东西都溶解为可能性，这些可能性不断扩充，千百倍地扩充，直到整个世界化为乌有，成为一种轻轻回荡的丰富的音响，一片看不见的可能性的大海，人们无须把握这些可能性中的任何一种。但是，在他的画面上，一切都转换成为实物，十分丰满，十分密集，甚至连他所画的天空都是人们无法回避的实物。当他把天空画成万里无云时，强烈的色彩也会使它充满质感。不过多数情况下，天空是有云彩的，明显而巨大的云朵，有云彩的乡村，有云彩的城市。连他画的月夜也是如此，满天的云彩，天空是属于大地的，显得十分沉重，他似乎已经习惯了与物一道生活。这种真挚而粗犷的油画，是对世界的一种伟大、动人、天真的肯定。不论什么地方都不会令人产生怀疑，没有任何东西是不确切的，到处都用大写的字母写着：确切，确切，确切！

考察一下他那些版画。在最早的一幅版画里，人们看到有桥，有风车，有远山，这就是这幅版画要表现的东西。但远远不只这些。它表现的是如何在空间里分布物体的艺术。在这里处理它们，像处理物一样。有的仿佛是摆上去的，有的则仿佛是插进去的，桥梁似乎是从山上扔到他的画面上的。所有这一切都牢牢地坐落在那里，若是有人想摇撼它们，它们也是不会动摇的。而另外一座桥，名为《刮暴风的日子》。作者在这里成功地把暴风本身描绘成了一种物。整幅画面充满了暴风，而草、灌木丛和树木，似乎只是它的轮廓。但是那些白桦树，人们从它们的外表可以看出，它们是在痛苦中成长起来的，它们是无数刮着暴风的日日夜夜的见证。在他的画里，人们常常能够发现这些高高的白桦树和风的运动，它们任凭风来侵袭，最终还是战胜了风而成长起来——在那些无声无息的夏日里。在描绘早晨和中午的风景中，水渠映照出一片快乐的或者懒散的天空，这些生机勃勃的白桦树，有时也会生得弯弯曲曲，好像它们在过去的岁月里受到过惊扰。它们似乎通过自己奇异而固执的对比，更加深了它们那和谐环境的宁静。

弗利茨·欧沃贝克在他那些版画和油画中，所描绘的几乎是同样的题材。在他的油画中，像在他的黑白艺术中一样，贯穿着同样的追求，像一条宽阔的大河，每个细节都描绘得十分华丽，却丝毫无损于整体价值。从前他曾经这样，或者以类似的方式表达过他的愿望。他实现了自己的愿望。他用这些话充分表达了他的艺术的特点，所以人们有理由把那句话当作衡量他的绘画的准则。如果人们研究一下这些绘画在多大程度上实现了画家的意图，人们完全有理由反对它们。需要指出的是，有许多版画，还有几幅油画，非常接近于实现他的意图。油画所运用的颜色，对实现他的追求很有帮助，即把每个细节都描绘得十分华丽；但它同时也使任务变得更加困难，因为任何细节都不能超越整体的统一性。使发出的声音保持同样的高度，这是不易做到的，偏爱细节对于内在的联系来说，永远是一种危险。

令人奇怪的是，欧沃贝克的绘画，尽管它们的色彩可以比作高音，却依旧浸透着一种独特的沉默，这沉默不会打断声音。人们很难断定色彩的声音是否能够互相抵消，有时大海的噪声就是这样，当人们感觉到周围充满无限沉默时，便不再能听见它的声音。在欧沃贝克的画上几乎从来不曾出现一个人物形象，这种感受也许是由内容决定的，由环境引起的。万一什么地方出现一个人物形象，也是无关紧要的，即使从空间角度来说，也不是迫切需要的，完全可以把它覆盖掉，丝毫无损于这幅画的本质。但是他的风景画，尽管没有人物形象，却并不给人寂寞的印象。当人们面对月夜和日落时，如同刚刚从亲人们围火而坐的屋子里走出来。外面没有一点动静，在人们的视野之内见不到一个人影，邻居家里连一只汪汪叫的狗都没有，但是当你从那里往外看时，你会充分意识到那间亲切而宁静的屋子，仿佛是它温暖了你的身体，你随时随地都会返回到那间屋子里去。他画的那些晴朗的白天，全都是星期天，人们全都在家里或者在教堂里，休整一周的漫长的劳顿。休假的人们的目光盯着这广阔而鲜艳的大自然，仿佛要穿透它。

如同他喜欢的这种色调，具有北方特点，偶尔出现在画面上的忧郁，也有北方特点，画面上的树木和桥，全都像被看不见的物体的阴影遮住一般昏暗。笼罩在海面上的那种忧郁，是在没有暴风的日子里，海鸥呼唤雨水的那种忧郁。也许这位画家能画大海，画山脉。他画的河流是宽广的，是闪闪发光的，像卑尔根[1]附近的那些水面一样，对此比昂松曾经这样说过："人们不知道它是一片内陆湖，还是大海的一个港汊。"在那里还有进一步的描述："然后便是这些山脉本身！那不是孤零零的山，而是互相连接的群山，山峰一座比一座高，似乎这里就是人类居住的世界的极限。"人们是否可以想象，欧沃贝克做过这样的画呢？我无法说他是否见过大海，大海在哪里，总而言之，他少年时代耳闻过许多关于大海的传说。

他的父亲，是北德商船协会的技术经理，在他那不来梅的办公

---

[1] 卑尔根：挪威南部最大的海港城市。

室里，墙上挂满船只模型、计划和各种图纸，他们在这间充满神秘色彩的屋子里，几乎总要谈起大海，谈起尚在途中的船只、返回家园的船只和即将离港的船只。而后来，父亲过世了，他不再为这少年削彩色铅笔，可这少年仍然经常坐在那间办公室里，用装运纸烟的木箱制作机器，制作船只——尚在途中的船只、返回家园的船只和其他即将离港的船只。因为父亲死了，他在做这些事情的时候，一定常常想到他，因此总有某种哀愁伴着这些制作，这也许就是笼罩在真正海面上的那种哀愁。人们站在船上，或者挥手与人告别，或者并不是为了与什么人告别而挥手，而船径直向着遥远的、无限遥远的世界驶去。这少年在火车站大街，想必是常常遇见那些移居国外的人，那些无情的船只上的人，由于没完没了地乘坐火车而显得昏昏沉沉，他们抛弃了一切，每时每刻都有可能停留在一个陌生的城市里，他们表情痴呆地回头望着，好像在等待什么人的召唤。这少年一边数着那些人，一边想着，他发现人是很多的，在远处他们来的那个地方，一定有许多村庄都空了，他看见了那些被遗弃的、冷冷清清的房屋和那些无声无息的、非常零乱的小巷子。所有这一切都充满令人惴惴不安的哀愁，人们似乎应该做点什么，改变这种状况。植物和各种小动物的生活则是另外的样子，那里似乎没有这种令人担忧的事情。这些蜥蜴、甲虫、青蛙和蛇，生活得非常惬意，它们的动作或迅急或疏懒，它们或跳跃，或在地上爬行，它们微微抬起头来，然后便长时间地喘息着，俯卧在太阳底下，它们就是这样生活着，生活当中似乎没有什么出乎意料或者不吉利的事情。但是，也只有当它们活着时才是有趣的，当它们被钉起来或者泡在酒精里时，它们便失掉了一切现实性，一下子变成了令人厌恶或者枯燥的东西。

带着这样的观点当自然科学家，自然是不行的。他的数学天赋既不足以当一名自然科学家，也不足以应付一个工程师的工作，最终只能回到那些美丽的彩色铅笔上去，它们终究是一切爱好当中最古老的爱好。

大约十六岁时，年轻的欧沃贝克开始在户外面对自然创作素描和油画。事实证明，他母亲当年并未认真对待他要当画家的想法，她让他跟着一位女士上课，在那里，这个沉默寡言的年轻人，与一群未成年少女，几乎做的是同样的事情，在她们当中扮演非常显眼的角色。这中间他慢慢地结束了文科中学的学习，他竭尽全力抵制那种让他放弃绘画的企图，他的种种努力，最终成就了他去杜塞尔多夫的夙愿。那里的美术学院在当时对于他来说，是一切幸福的完美化身，但是，当他后来提起这件事时，从未忘记补充说明："但是，现在已经不是了。"

他的表达方式，如人们看到的那样，是非常令人信服和明白无误的，需要补充说明的是，一八九五年，当人们渴望了解沃尔普斯

维德的时候，却又无人能够讲述它的故事。于是，他拿起笔来在《大
众艺术》上如实地报道了他和他的朋友们的第二故乡。自那时以来，
人们不断引证他当时所写的那些话，但是，不管怎么说，人们会高
兴地在这些文字里重新发现，他当时所说的一切，是那样地简明扼要，
这些话可以最好地表明，这位画家是怎样观察这片土地的。

"一层淡淡的忧郁笼罩着这片风景。广阔的沼泽和泥泞的草场，
严肃而沉默地包围着村庄。这村庄如同寻找一处栖身之地，躲避无
名的恐怖一般，拥挤在一片古老沙丘的斜坡上。房屋和草舍零乱而
无规则地散落着，沉重而长满青苔的茅草屋顶和粗糙的橡树遮挡着
这些房屋和茅舍，以至于暴风在伸展的树梢面前也无能为力。村庄
的上方隆起一座'山'，无数的溪水蜿蜒其间，山上覆盖着一片弯
弯曲曲的橡树林，净化着顺流而下的雨水。村庄的中央，是一片开
阔的广场，周围环绕着古老的欧洲红松。广场上竖立着一块方尖碑，
它是为纪念芬多尔夫[①]而建的，是他开垦了这片土地，排除了沼泽
里的积水，开辟了交通。纪念碑是用沉重的大理石砌成的，它以罕
见的庄严直插云霄。在孤零零的山顶上，用眼睛扫视大地，眼前是
沼泽和荒原，田野和草场，黑黝黝的橡树林，它们用自己的树荫遮
住了稀疏的农舍，偶尔打破大平原上的单调。溪水在闪闪发光，像
蛇一般蜿蜒曲折的哈梅河平静得如同明镜一般，黑色的帆船在河面
上静悄悄地、充满神秘地行驶着，穿过这片大地。大地的上方舒展

---

① 芬多尔夫（1720—1792）：木匠，建筑师。因治理沼泽有功，人们在沃尔普斯维德为他树立了纪念碑。

着天空，沃尔普斯维德的天空……"

在这朴素的描述中，人们看到了他那些版画般单调而昏暗的浓郁色调，看到了昏暗和明亮，看到了粗壮的东西，仿佛看到了夜幕降临之前的一切一切。

沃尔普斯维德的色彩，凡是能够用语言表达出来的，没有哪个人比里夏德·穆特尔在他那出色的关于印象主义技巧一文中描写得更令人信服。一九〇一年秋天，我们向沃尔普斯维德驶去，那是在一个暮色早早降临，却有着强烈色彩的白天，像这片土地上的那些白天一样，特别是在十月和十一月，有许多这样的白天。

穆特尔在《日报》里谈到过这一点：

"乘车去沃尔普斯维德，是动一次白内障手术，存在于物与我之间的那层灰蒙蒙的纱幕，突然之间消逝了。人们一旦走出不来梅与利林塔尔之间的支线火车，便能立刻看到一种奇特的闪光。是这些农民身上那种魔鬼般的色彩？还是空气？这柔和而潮湿的空气，使一切如此色彩斑斓，如此浓郁和光芒四射。我注视着马车夫手里的蓝色缰绳，它们闪烁着磷光，他手上的棉手套，泛滥着晶莹的光点。我看见远方公路上走来一对农民夫妇，我注视着他们身上的深红色上衣，它们在闪闪发光，好像是内部的火，把他们照得通红。那边有一个工人，身穿浅蓝色劳动服，站在一棵银灰色白桦树旁边。那里的一条麻绳上晾着一件红色裙子，而它的颜色闪耀着，如同紫色一般。那边是一幢农家茅舍，粉刷得血红，颇似挪威的茅屋。一旦置身在那里，在薄得透明的空气中，当你把一切都看得清清楚楚的时候，沃尔普斯维德便成了一首交响乐：红色的墙壁和茂密的常春藤，这高高的、几乎触到地面的茅草屋顶，上面覆盖着潮湿的青苔，如同一片地毯。这种沃尔普斯维德的青苔啊！它覆盖着一切事物，不只是树木的枝干，也覆盖着房屋的梁柱，覆盖着火炉的砖墙和篱笆的木桩。那里闪烁着橙黄色，那里是黄绿色，那里是灰绿色，整个自然变成一个色彩的幻景……"

　　穆特尔初次看到的这片土地就是这样。次日，我们去探视那些画家。

里尔克（1879—1926），奥地利诗人。其作品大多充满了现代人孤独、感伤、焦虑的情绪，在艺术方面进行了不少的探索和创新，对二十世纪上半叶西方文艺界和知识界有重大的影响。代表作短诗《豹》最为脍炙人口，另一篇名作《杜伊诺哀歌》探讨了生与死、幸福与痛苦的关系等问题。

　　《艺术家画像》主要写的是画家弗利茨·欧沃贝克。欧沃贝克所画的"像"，也是艺术家本人的一幅"画像"。作者分析了欧沃贝克油画、版画的风格及其中表现出的精神，也介绍了他学画的经历、他去沃尔普斯维德的经过、他文章中对沃尔普斯维德的表现，以及作者对这一地区的亲身体验等，这些部分很好地结合在一起，给我们呈现出了一幅欧沃贝克的立体肖像。

　　作者视野开阔，笔触细腻，对艺术品有独特的分析，对艺术家也有着深刻的理解，这篇文章可以给我们多方面的启示。

线的艺术 ①

李泽厚 著

　　与青铜时代一并发达成熟的，是汉字。汉字作为书法，终于在后世成为中国独有的艺术部类和审美对象。追根溯源，也应回顾到它的这个定形确立时期。

　　甲骨文已是相当成熟的汉字了。它的形体结构和造字方式为后世汉字和书法的发展奠定了原则和基础。汉字是以"象形"为本源的符号。"象形"有如绘画，来自对对象概括性极大的模拟写实。然而如同传闻中的结绳记事一样，从一开始，象形字就已包含超越被模拟对象的符号意义，一个字表现的不只是一个或一种对象，而且也经常是一类事实或过程，也包括主观的意味、要求和期望。这即是说，"象形"中即已蕴含有"指事""会意"的成分。正是这个方面使汉字的象形在本质上有别于绘画，具有符号所特有的抽象意义、价值和功能。但又由于它既源出于"象形"，并且在其发展

---

① 选自《美的历程》，文物出版社，1981 年版。

行程中没有完全抛弃这一原则，从而就使这种符号作用所寄居的字形本身，以形体模拟的多样可能性，取得相对独立的性质和自己的发展道路，即是说，汉字形体获得了独立于符号意义（字义）的发展径途。以后，它更以其净化了的线条美——比彩陶纹饰的抽象几何纹还要更为自由和更为多样的线的曲直运动和空间构造，表现出和表达出种种形体姿态、情感意兴和气势力量……终于形成中国特有的线的艺术：书法。

许慎在《说文解字·序》中说：

仓颉之初作书，盖依类象形，故谓之文。

以后许多书家也认为，作为书法的汉字确有模拟、造型这个方面：

或像龟文，或比龙鳞，舒体放尾，长翅短身，颉若黍稷之垂颖，蕴若虫蚊之棼缊。（蔡邕：《篆势》）或櫛比针列，或砥绳平直，或蜿蜒缪戾，或长邪角趣。（蔡邕：《隶势》）

缅想圣达立卦造书之意，乃复仰观俯察六合之际焉。于天地山川得玄远流峙之形，于日月星辰得经纬昭回之度，于云霞草木得霏布滋蔓之容，于衣冠文物得揖让周旋之体，于须眉口鼻得喜怒惨舒之分，于虫鱼禽兽得屈伸飞动之理，于骨角齿牙得摆抵咀嚼之势，

随手万变，任心所成，可谓通三才之品，汇备万物之性状者矣。（李阳冰：《论篆》）

　　这表明，从篆书开始，书家和书法必须注意对客观世界各种对象、形体、姿态的模拟、吸取，即使这种模拟吸取具有极大的灵活性、概括性和抽象化的自由。这是一方面。另一方面，"象形"作为"文"的本意，是汉字的始源。后世"文"的概念便扩而充之相当于"美"。汉字书法的美也确乎建立在从象形基础上演化出来的线条章法和形体结构之上，即在它们的曲直适宜、纵横合度、结体自如、布局完满。甲骨文开始了这个美的历程。"至其悬针垂韭之笔致，横直转折，安排紧凑，又如三等角之配合，空间疏密之调和，诸如此类，竟能给一段文字以全篇之美观。此美莫非来自意境而为当时书家精意结构可知也。"（邓以蛰：《书法之欣赏》，转引自宗白华《中国书法中的美学思想》，《哲学研究》1962 年第 1 期。）应该说，这种净化了的线条美——书法艺术，在当时远远不是自觉的。就是到钟鼎金文的数百年过程中，由开始的图画形体发展到后来的线的着意舒展，由开始的单个图腾符号发展到后来长篇的铭功记事，也一直要到东周春秋之际，才比较明显地表现出对这种书法美的有意识地追求。它与当时铭文内容的滋蔓和文章风格的追求是正相配合一致的。郭沫若说："东周而后，书史之性质变而为文饰，如钟铸之铭多韵语，以规整之款式镂刻于器表，其字体亦多作波磔而有意求工。……凡此均于审美意识之下所施之文饰也，其效用与花纹同。中国以文字为艺术品之习尚当自此始。"（郭沫若：《青铜时代·周代彝铭进化观》）这一如青铜饕餮这时也逐渐变成了好看的文饰一样。在早期，青铜饕餮和这些汉字符号（经常铸刻在不易为人所见的器物底部等处）都具严重的神圣含义，根本没考虑到审美，但到春秋战国，它作为审美对象的艺术特性便突出地、独立地发展开来了。与此并行，具有某种独立性质的艺术作品和审美意识也要到这时才真正出现。

如果拿殷代的金文和周代比，前者更近于甲文，直线多而圆角少，首尾常露尖锐锋芒。但布局、结构的美虽不自觉，却已有显露。到周金中期的大篇铭文，则章法讲究，笔势圆润，风格分化，各派齐出，字体或长或圆，刻画或轻或重。著名的《毛公鼎》《散氏盘》等达到了金文艺术的极致。它们或方或圆，或结体严正，章法劲凑而刚健，一派崇高肃毅之气；或结体沉圆，似疏而密，外柔而内刚，一派开阔宽厚之容。而它们又都以圆浑沉雄的共同风格区别于殷商的尖利直拙。"中国古代商周铜器铭文里所表现章法的美，令人相信仓颉四目窥见了宇宙的神奇，获得自然界最深妙的形式的秘密"（宗白华：《中国书法中的美学思想》），"通过结构的疏密，点画的轻重，行笔的缓急……就像音乐艺术从自然界的群声里抽出音乐来，发展这乐音间相互结合的规律，用强弱、高低、节奏、旋律等有规律的变化来表现自然界、社会界的形象和内心的情感"（同上）。在这些颇带夸张的说法里，倒可以看出作为线的艺术的中国书法的某些特征：它像音乐从声音世界里提炼抽取出乐音来，依据自身的规律，独立地展开为旋律、和声一样，净化了的线条——书法美，以其挣脱和超越形体模拟的笔画（后代成为所谓"永字八法"）的自由开展，构造出一个个错综交织、丰富多样的纸上的音乐和舞蹈，用以抒情和表意。可见，甲骨、金文之所以能开创中国书法艺术独立发展的道路，其秘密正在于它们把象形的图画模拟逐渐变而为纯粹化了（净化）的抽象的线条和结构。这种净化了的线条——书法美，就不是一般的图案花纹的形式美、装饰美，而是真正意义上的"有意味的形式"。一般形式美经常是静止的，程式化、规格化和失去现实生命感、力量感的东西（如美术字），"有意味的形式"则恰恰相反，它是活生生的、流动的、富有生命暗示和表现力量的美。中国书法——线的艺术非前者而正是后者。所以，它不是线条的整齐一律均衡对称的形式美，而是远为多样流动的自由美。行云流水，骨力追风，有柔有刚，方圆适度。它的每一个字、每一篇、每一幅都可以有创造、有变革，甚至有个性，而不作机械的重复和僵硬的规范。它既状物又抒情，兼备造型（概括性的模拟）和表现（抒发情感）两种因素和成分，并在其长久的发展行程中，终以后者占了主导和优势。书法由接近于绘画雕刻变而为可等同于音乐和舞蹈。并且，不是书法从绘画而是绘画要从书法中吸取经验、技巧和力量。运笔的轻重、疾涩、虚实、强弱、转折顿挫、节奏韵律……净化了的线条如同音乐旋律一般，它们竟成了中国各类造型艺术和表现艺术的魂灵。

金文之后是小篆，它是笔画均匀的曲线长形，结构的美异常突出。再后是汉隶，破圆而方，变连续而断绝，再变而为行、草、真……随着时代和社会发展变迁，就在这"上下左右之位，方圆大小之形"的结体和"疏密起伏""曲直波澜"的笔势中，创造出了各种各样多彩多姿的书法艺术。它们具有高度的审美价值。与书法同类的印章也如此。在一块极为有限的小小天地中，却以其刀笔和结构，表现出种种意趣气势，形成各种风格流派，这也是中国所独有的另一"有意味的形式"。而印章究其字体始源，又仍得追溯到青铜时代的钟鼎金文。

导读

李泽厚（1930— ），著名美学家、学者。主要从事中国近代思想史和哲学、美学研究。代表作有《美的历程》《中国古代思想史论》《中国近代思想史论》《中国现代思想史论》。

本文所谈的"线的艺术"指的是中国特有的书法艺术。文章从汉字的定型确立时期切入，通过对甲骨文的考察，明确了汉字源自象形之后又超越象形。汉字也因此而区别于绘画，并逐渐形成了独特的书法艺术。尽管汉字在早期常常仅被作为神圣符号而出现，但至春秋战国时期，其作为一种审美对象的艺术特性开始独立发展。接着，作者以周代《毛公鼎》《散氏盘》为例，指出汉字之美在于它并不是静止的，相反，它充满流动性和韵律感，富于生命的意味。同时，汉字之美不仅仅在于每一个字都能达到行云流水的美感，也在于每一篇、每一幅字的合理的整体布局，以及从中更能生发出的独特个性和变革的可能。而汉字作为一种造型艺术，也因此具有了传达情感的功能。在这一意义上，汉字成为了中国造型艺术与表现艺术的灵魂。

就本文而言，作者面临的是如何对书法艺术这样一个大论题进行有效探讨的问题。文章巧妙地抓住了"钟鼎金文"这一重要载体，作者关于书法之美的讨论也正是在对钟鼎金文的发展历程和艺术美进行考察的过程中完成的。而在本文结尾处，作者甚至宕开一笔，从对书法的讨论转向对印章艺术的讨论，又从印章字体的始源再度回返到钟鼎金文上来，抓住串联全文的线索。以钟鼎金文为中心串联起零散的信息，既面面关照，又形散而神不散。

金石书画漫谈 [1]

启功 著

金石书画部分的内容比较多，这里只能做一个简括的介绍，谈谈个人的一点看法，研究方面的一点门径，一点线索。

伟大的中华民族文化，我认为好比一朵花，花蒂、花蕊、花瓣等，都是它的重要组成部分。这个文化史讲座的各个方面，好比是花的各个部分，金、石、书、画也是其中的一个部分。

金、石、书、画，本不是同一性质，同一用途，但在整个的中华民族文化中，这四项都成为中华民族艺术的特征，也可说是中华民族艺术所特有的。以下按次序做一些简单的介绍。

一、金

金就是金属，包括铜、铁等。这里是指用铜、铁等金属所制的

---

[1] 选自《中国古代文化史讲座》，广西师范大学出版社，2003 年版。

器皿、器物，特别是古代的铜器。它们不管是作为实用的或是祭祀的，都是铜及其合金所制的器物。这些在商、周——人们往往说"三代"，就是夏、商、周，其实夏到现在还没有十分弄清楚，一般认为夏文化是相当于龙山文化这一系，但夏的文化究竟是什么程度，还不甚清楚。所以"三代"文化，有把握的只能指商、周。古代把商、周的铜器叫作"吉金"，就是好的金，吉祥的金。这种冶炼方法在当时已很发达，已能制造合金。制造出来的器皿，很多都有刻铸的文字。现在一般说的"金"是指金文，又叫"钟鼎文"。

商周时代，诸侯贵族常常大批地制作铜器，在上面刻铸铭文，现在陆续出土的不少。有时一个人只能铸一个器，有时又可一次铸好几个器。当时参与这种劳动的人民，实在大部分就是当时的奴隶。他们创作了千变万化的器形、装饰图案，雕铸了种种文字铭记（记载谁、在哪年、为什么事情而制作这器）。这些器物，从商周以后长期沉埋在地下。许慎有"郡国亦往往于山川得鼎彝"（参见《说文解字·序》）的话，可见汉朝时已有出土的。

这种陆续的出土，到清朝末年，成为研究的大宗。拓本、实物，日呈纷纭，使人眼花缭乱，非常丰富多彩。到了现在，对于这方面的研究探讨就更加繁荣，方法也更加科学。从前的收藏家，不是官僚就是有钱人，他们的收藏，往往秘不示人。偶然有拓本流传出来，也不是人人可得而见之的。现在印刷术方便了，从器形到文字，大家都能看到，具有研究的条件，所以研究日见深入。发掘的方式，也愈有经验，愈加科学。从前出土的器物，辗转于古董商人与收藏家之间。它是哪里出土的？不知道。甚至一个器的盖子在一个人手里，而器本身则到另一个人手里。这种情况很多。一批出土有多少铜器？也不知道，都零零星星地散出去了。这在研究上是很费事的，因为缺乏许多辅助证据。许多奸商为了贪图得利，多卖钱，还卖到外国去。我们现在从挖掘到整理、考订、印刷、编辑，都是有系统的，对于研究者有莫大的方便。可以取各个角度：器形、花纹、文字，以至它的历史背景、制作的人物、各诸侯封国的地理等等，或者是有人想学写古篆字，也可以用来作范本。例如从制作来说，往往一个人所制的不止一件，我们只要看到各器上都有同一个人的名字，便可知道它们是属于同一个人制作的一套器物。这样，我们对于古代历史、古代人的各方面（包括生活习惯），就能有更清楚、更详细、更豁亮的了解。近年来在陕西发掘了许多成套成批的窖藏青铜器，大多是同一人或同一家族的，这样研究起来就很方便了。

从宋代到清代，大都把这类器物叫作"古董"，也叫"古玩"，是文人鉴赏的玩物。即或考证点文字，也是瞎猜。我们当然不能否认他们的考证功劳，但那是极其有限、远远不够的，还有许多错误。稍进一步的，把它们当作艺术品。西洋人、日本人买去中国的古铜器，研究它们的花纹。中国人也有研究花纹的。这种情形，大约始于二十世纪二十年代，这仍是停留在局部的研究，偶然有几个器皿做点比较。谈到全面地着手研究，我们不能不佩服近代的容庚（希白）先生，他对于铜器研究的功劳是很大的。他著有《商周彝器通考》，连器形、花纹带铭文都加以研究，还著有《金文编》，把青铜器上的字按类、按《说文》字序编排，例如不同器皿上的"天"字，都放在一块。这是近代真正下大气力全面地介绍和研究青铜器及金文的。此外，罗振玉的《三代吉金文存》，也是很重要的资料。现在已有人着手重新把至今出土的商周铜器铭文加以统编，这就更加全面了，只是现在还没有出版。

对于文字的考释，能令人心服口服的，首推不久前故去的于思泊（省吾）先生。他的考释最为扎实，决不穿凿附会。他还用古文字考证古书，成就比清末孙诒让等人大得多了。到今天为止，容、于两先生的著作以及罗的《三代吉金文存》等，仍是我们研究铜器和金文的重要参考材料。随着条件的改善，今后在这方面的研究一定会愈来愈完备，愈来愈深入。

甲骨文也被附在金文之后，讲金石的书往往连带讲甲骨，不是附在前头就是附在后头。其实甲骨应和铜器同样看待，甲骨文是金文的前身。商代刻在甲骨和铜器上的文字，往往有很大的相似，所以甲骨也应放在我们现在谈"金"的范围。现在出版了《甲骨文合集》，非常完备，研究起来不愁没有材料，不会被人垄断了。但甲骨文我不懂，不能随便说，只能谈到这里。

二、石

金、石常常并称。事实上金、石的性质、作用并不完全一样。古代的石刻有各方面的用途，所以它的形式和内容也就不同，文字因时代的关系也不同。汉朝也有铜器，但那上面的文字和商周铜器的文字迥然不同，一看就是汉朝的东西。此外，花纹和刻法也各不相同（商周铜器上的字，大部分是铸的，少部分是刻的）。

大批石刻的出现，应该说是从汉朝开始的。汉朝以前有没有石刻？有的，譬如说"石鼓文"。石鼓甭管它是什么年代的，总是秦统一天下以前的产物。唐朝人说是周宣王时作的，也有人说是北周（宇文周）时候制作的。后来马衡先生经过全面考证，确定它是秦的刻石。这个秦，不是统一中国的秦朝，而是在西北地方未统一中国以前的秦国。可是还有问题：秦什么公？这个公那个公，众说纷纭，到今天尚无定论。

汉以前的石刻，起码石鼓是比较完整的，有一个石鼓的文字已经脱落，但是拓本还保留着。近年在河北满城古代中山国的地区，发掘出古代中山王的墓，里头有中山王的铜器，外边有一块石头，上面有两行字，也是战国时的刻石，比石鼓晚一些，但也是汉朝以前的刻石。所以古代石刻应追溯到石鼓和中山王墓刻石。《三代吉金文存》后面附有一小块石刻，文字和铜器文字很相像。什么时候刻的？不知道。这块石头现在也不知道哪儿去了。

现在所谓的"石"，大致是指汉代及汉代以后的石刻，对之讲求、探讨的也比较多。汉朝的碑是比较多。其实，秦碑也有，只是不作碑形，常常是在山岩上磨平一块石头刻字。现在秦碑的原刻几乎没有，流传的大多是翻刻的。原石保留下来的只有《琅琊台刻石》，保存在历史博物馆，上面的每个字都已经模糊了。还有《泰山刻石》，只剩下了几个字，残石还在泰山的岱庙里摆着。其余的都已毁掉了，只有汉碑算是大宗。

什么是碑？碑本来是坟墓竖立的一种标志。碑石有大有小，记载着墓主人的生平事迹。后来推而广之，不光是为死者立碑，也应用到生人，譬如一个官员调离，当地有人立碑为他歌功颂德。事实上这种大块的碑，就是石头做的大块布告牌，譬如修一座庙，前面立一块碑，说明庙的缘起；皇帝办了一件事，臣下恭维，或者皇帝自吹自擂，也刻一块，岂不是布告牌？像秦始皇、唐明皇，都曾经在摩崖上让臣下给刻上大块歌功颂德的文章，比后世大张纸贴的布告结实得多，意在流传千古，但事实上后来有的让人凿掉了，有的是山岩崩塌了。当初立碑的本意不过是歌颂、吹捧死者、官员乃至皇帝，但后来意料之外地被人注意，得以保存流传的，不在于它那歌功颂德的内容，而在于它书写的文字，在于它保存了许许多多的书法。他们吹捧的内容，已无人注意。有人见到石刻残损文字而惋惜。我说，字少了，美术品少了一部分是坏事，但文辞少了，念不全了，未必不是被吹捧者的幸事，因为他可以少出些丑。从前人们制作拓本，往往是为了碑上头刻的字写得好，或者是时代早，宝贵得不得了。比如汉朝在华山立了一块碑，叫《华山庙碑》，在清朝末年只保留下来三本拓本，后来又发现了一本，这四本都价值连城，上面有许多人的题跋。这也不在于它的内容（当然也有人考证），而在于它的字。许多古碑也是如此。以前人对于碑只是着眼于先拓后拓，多一字少一字，稍后对碑形、花纹、制作乃至于刻工等各方面，也加以研究。这与上述对于商周铜器的研究过程很有相似之处。

汉碑这种字，不管它刻得精不精，毕竟是用刀刻出来之后，用墨拓下来的，从前得到一本都很难。今天我们看到出土的多少万支竹木简，都是汉朝人的墨迹，直接用墨写的。这在书法艺术上、史料价值上，比起汉碑来又不相同了，这待下面再说。所以说，以前的人很可怜，看到一本墨拓，就那么几个字，多一笔少一笔，这里坏一块，那里不坏，争论个不休。这是因为时代和条件都有其局限，出土的东西也少。

还有一种叫墓志，也是一大宗。坟里头埋块石头，写上这人是谁，预备日后人们不知道坟是谁的，挖开一瞧，知道是谁，人家好给他埋上。这用意是很天真的，没想到后来人家正因为他坟里有墓志，就来挖他的坟，这种情形多得很。墓志有长条的，也有方块的，汉朝还没有这种东西，从南北朝一直到唐宋，都是很盛行的。墓志也和碑的性质一样，记载着死者的事迹，也属碑刻的性质。

再有一方面是"帖"。什么叫帖？本来很简单，指的是一张纸条儿、纸片儿，多是彼此的通信。现在还有便条儿——随便的纸条儿（今天的名片，也是纸条儿）。上边的字，写得比较随便，不像写碑那么郑重其事，确实另有趣味，大家比较重视，把这些有趣味的东西汇集起来。因为古代没有影印技术，只好勾摹下来刻在石头上或木板上，再用纸和墨拓下来，等于刻木板印书的办法，这种印刷品被人称作"帖"。事实上帖本来不是指墨拓的东西，而是指被刻的内容，即没刻以前的原件（纸条儿）叫"帖"。好比这是一部书，叫作《诗经》或《左传》，不是说它这个书套子或部头叫《诗经》或《左传》，而是指它的文字内容。所以"帖"也是指所摹刻的内容。这个意义扩大了，凡是墨拓的刻本，被人作为字样子来写，作为参考品的，都被称作"帖"。如有人说"我这儿有一本帖"，打开一瞧，是个汉碑。为什么也把它叫作"帖"？因为它已经裁了条，裱成本，被人作为习字的范本，所以也被称作"帖"。因此说，"帖"的意义已经扩大了，凡是墨拓的、石刻的、裱成本的，大家都管它叫作"帖"。

帖写的多半是行书，随便写的；而碑版多半是很规矩、很郑重的。

所以一般又管写行书一派的叫"帖学"，管写楷书一派的叫"碑学"。这种说法，我认为是不太科学的。

现在，印刷技术方便了，碑帖的印本也多起来了，这里无法多举例，因为太多了。要论起整部的书来，比较方便查阅的，有清末民初的杨惺吾（守敬）编的一本《寰宇贞石图》，把整篇整幅的碑文影印出来，可以使我们看到碑版的全貌，很有用处；但是它是缩小的，碑有一丈、八尺，它也只能印成这么一张纸片儿，而且碑版的数量及文字说明也不多。近代赵万里先生辑有一部《魏晋南北朝墓志考释》，都是墓志，既影印拓本，也考释文辞，是很好的。讨论石刻，有一部书也很重要，就是清朝末年叶昌炽所编的《语石》，它从各个角度、各个方面来论述石刻：多少种类，多少样子，多少用途，多少文字，多少书家……分量不多，但内容极其丰富，所遗憾的是没有附插图，要是每谈一个问题、每举一个例子，都附上插图，就方便多了。今天要是想给《语石》补插图，就有很大的困难，许多原石都已找不到了。我想将来会有人给它进行扩充的。《语石》这种书，现在的人不是不能做，因为现在所出土的汉魏六朝、隋唐的碑和墓志极多，比当年叶昌炽所能看到的要多出若干倍，要是加以统编，细细研究，附上插图，那就太好了。最近上海要出一本"扩大石刻文字汇编"之类的书（名字还未定），不久出版，最为方便了。

叶昌炽在他的《语石》一书中说：我研究这些石刻，主要是因为它们的字写得好（大意）。字好，是碑存在的一个重要因素。立碑刻碑的人是为了歌颂他自己。人家保存这个碑，却是因为它写的字好。这是立碑、刻碑的人始料所不及的。由此可见，书法艺术自有它独立的、不能磨灭的艺术价值。

三、书

"书"本是文字符号。现在提的"书"不是从文字符号讲，也不是从文字学讲，而是从书法艺术讲。书法在中华民族有很深远的影响。由于汉字不仅被汉族，也被少数民族不同程度地使用着，所以，书法在中华民族文化中占很重要的位置。曾经有人提出：书法不是艺术。理由是西洋古代没有一个国家、一个民族把书法当艺术的。其实，中国特有而外国没有的东西太多了，难道都不算艺术了吗？如《红楼梦》是中国特有的，外国没有，就不算文学了吗？现在，这种观点逐渐纠正过来了。大家知道，书法是一种艺术，并且是广大人民喜闻乐见、非常爱好的艺术。

中国的汉字（各个有文字的民族都一样）一出现，写字的人就有要"写得好看"的要求和欲望。如甲骨文就是如此，不论单个字还是全篇字，结构章法都很好看。可见，自从有写字的行动以来，就伴随着艺术的要求，美观的要求。

秦汉以来的墨迹，近年出土的非常多。这里面丰富多彩，字形、笔法、风格，变化极多。从前只看到汉简，现在可以看到秦代的了。如湖北睡虎地的秦简，全是秦隶。从前人们看见一本残缺不全的汉碑拓本，便视为珍宝。现在可以看见汉朝人的亲笔墨迹。日本人用过一个词，把墨迹叫作"肉迹"，即有血有肉，痛痒相关，我很欣赏这个词，经常借用。现在可以看到成千上万的秦汉人的"肉迹"，这是我们研究文学、研究书法、研究古代历史的莫大的幸福。

不论是秦隶还是汉隶，都是刚从篆体演变过来的，写起来单调而且费事。所以到了晋朝后，真书（又叫楷书、正书）开始定型。虽然各家写法不同，风格不同，但字形的结构形式是一致的。各种字体所运用的时间都不如真书时间久，真书至今仍在运用。为什么真书能运用这么久？因为这种字形在组织上有它的优越性。字形准确，写起来方便，转折自然，可连写，甚至多写一笔少写一笔也容易被人发现。真书写得萦连一点就是行书，再写得快一点就是草书。当然，草书另有一个来源，是从汉朝的章草演变而来的。但到东晋以后它就与真书合流了，是用真书的笔法写草书，与用汉隶的笔法写章草不同。

真书行书的系统既是多有方便，所以千姿百态的作品不断出现，风格多种多样，出现了各种字体（艺术风格上被称为字体），比如颜体、柳体、欧体、褚体等。为什么以前没有？因为以前没有人专职写字、专以书法著名的，就连王羲之也不是专职写字的人。古代也没有"书法艺术家"这个称呼。当时许多碑都是刻碑的工人写的，到了唐朝才有文人写碑。唐太宗自己爱写字，自己写了两个碑——《晋祠铭》《温泉铭》，还把这两个碑的拓本送给外国使臣。当时的文人和名臣，如虞世南、欧阳询、褚遂良、薛稷、薛曜，以及后来的颜真卿、柳公权等人都写碑。这样，书法的风格流派也逐渐增多了。其实，今天看见的敦煌、吐鲁番等地出土的文书、写经等，其水平真有远远超过写碑版的。唐朝一般人的文书里，行书的书法也有比《晋祠铭》好得多的，但那些皇帝、大官写出来的就被人重视。我们要知道，唐朝有许多无名的书法家的水平是很高的，写的字非常精美。晋唐流传下来的作品（不论是刻石还是墨迹）非常多，我们的眼福实在不浅。

附带说一下名称问题：古代称好的书法作品为"法书"，是说这件作品足以为法，书法、书道、书艺是指书写的方法，现在合二而一了，一律叫作"书法"。把写的字也叫作"书法"，省略了"作品"二字，可以说是"约定俗成"了。

如把"书"平列在"金""石""画"之间，那它的作用和用途就大多了，广多了。生活中的各个地方，没有与书法无关的，没有用不上书法的。也可以说，书法已经出现在任何地方，也发挥着极大的效用。从书法作品、实用的装饰品到书信往来，作为交际语言的记录工具，两人以至两国的信用证明（签字）都要用书法。书法活动既可以锻炼艺术情操，又可以调心养气，收到健身的效果。总而言之，今天看到书法有这样广大的爱好者，原因很简单，就是它和人们生活的关系十分密切。这种密切的关系又非常长久，北朝人曾经说过"尺牍书疏，千里面目"。给人写封信（尺牍）、写个条（书疏）等于相隔千里之远的两个人见面。现在有传真照相，可以寄照片，这是"千里面目"，但古代没有，看一封信，感到很亲切，如见其人。书法被人作为人格、形象的代表，自古以来就是这样。

有人常常问到什么是书法知识，说明需要抓紧编写学习书法的参考书。碑帖影印的很多了，但系统的讲解、分析不是很够。怎么去写？大家很愿意了解。各家有各家的心得，这里就不多谈了。大家了解了书法的沿革，再多参考古代的碑帖，多看古代的墨迹，这样对书法的了解自然就会深刻，这样对写也有很多方便的地方。

四、画

画的起源，不用详谈。初民怎么画，只要看小孩怎么画就会明白。画很简单，可是要有新鲜的趣味。看见什么就画什么，生活里面遇到什么，就随手画、刻到墙上，这是很自然的。值得特别注意的是，自从绘画成熟以后，形体逐渐地准确了，颜色也逐渐地丰富了。绘画成熟在什么时代？我们的估计往往是不对的。从近代科学考古发掘出的成果，可以看到这一点。画成熟的时代应该很早。古代的文化，从商周以来，不知经过多少次毁灭性的破坏，使后世无法看到。商周的铜器的铸造方法，近代很多人奇怪，那时就有那么高的合金技术！透光镜（铜镜子，可以透出光照到墙上）经过多少人研究，现代才发现有两种制作方案，但古人用哪一种方案，至今也不清楚。这说明我们有许多的科学发明、科学成就随着毁灭性的破坏而消失了。古代的绘画更脆弱了。一种是画在墙上，以为墙是结实的，但随着墙的毁坏，画也没有了。画在帛上的也不延年。唐宋人没见过古代的绘画，只看过武梁祠画像，根据这些推测判断汉朝绘画，以为汉朝绘画就是这样的，这样推论的起点太低了。不止绘画一种，我们对古代文化不了解的地方太多了。近代发现了汉朝墓壁里的壁画，大家的看法才有所改观，觉得从前的推测是错的。近年长沙马王堆出土了帛画，使人看到出丧幡上的帛画，精致极了，比武梁祠的画不知高出多少倍。假定帛画是一百分，武梁祠的画只能算不及格。人们看到马王堆的帛画，无不惊诧变色，这才知道古代绘画水平已达到什么地步。我们应该以这（西汉初年）作为起点，往上推测商周绘画应该有什么样的成就。看到了马王堆出土的帛画以后，有人说，我们的绘画史应重新写，已写出的全错了，因为起点（最低点）定错了。

今天我们研究古代绘画，有这么丰富的材料，但我们必须有正确的看法，这才能进行研究。看法和起点要是错了，研究就得不到正确的结论。唐以前和唐人的好画，多画在墙壁上，人多数已随着建筑物的毁坏而无存了，幸亏西北有许多干燥的洞窟壁画。首先是敦煌，敦煌壁画给我们提供了极丰富的宝贵的材料。敦煌许多画在绸帛上的画被外国人掠夺走了，国内流传下来的只是一部分。现在西北出土的一些残缺的绢画，即使是零块，都是非常精美的。这些东西的保存，对今天探讨古代绘画的源流有很大的作用。现在有没有流传下来的古画算是唐代或唐以前的呢？有。但这些画事实上都是经过第二手摹下来的，很少有真正的唐朝人直接画了留下来的。即使画稿、形象是某名家的作品，但画上的墨迹也不是作者本人的。古代没有别的办法，幸亏摹下副本，否则今天一点影子也看不到了。

我们对待古画要持科学态度：哪些是可信的古代人直接画下来的，哪些是后代人的复制品。但许多古董商人，不是从学术出发，而是从价值观念出发，顺口说这是唐朝的，那是宋朝的，时代越早越贵，可以多卖钱。事实上与学术无关。我们参考画风，研究画派，看这些摹本、仿本、临本不是不可以，但要知道是什么时代的人临的、仿的，如果听信大古董商的说法，把宋元的硬说成唐宋的，这样科学系统就乱了。譬如看京戏，如果真承认那位男演员扮女角即是一个女子，一个花脸角色的演员本人真就长得脸上花红柳绿的，这便成了小孩或傻子了。

宋朝人的画，多半是室内装饰品，很大的一张挂在屋里，比画在墙上进了一步。元朝才有多卷册小品，在桌上摆着，作为案头玩赏的东西。这如同戏剧底本由舞台到案头一样。原来剧本是在舞台唱的，实用的，后来成为文人创作后摆在案头欣赏，并不是在舞台上演的。有许多只能在案头看，是舞台上唱不了的。我们明白了这个道理，知道哪是墙壁上的画，哪是案头的画，这样才能探索宋元以来的画派、画风。大家总是谈论宋朝画如何，元朝画又怎么变，哪是匠人画，哪是画家画，哪是文人画，分析了半天，争论了半天，这个道理却少有人探讨。我觉得，我们今天研究古代绘画的沿革，必须考虑到这一点。在墙上画是什么样子？画在绢上、贴在墙上是什么样子？案头画的小品又是什么样子？这些问题必须弄清楚。

到了元朝以后出现一种文人画——案头的玩赏的小品（不管它多大张幅也是属于这个系统）。墙壁上的画，实际上和装饰画是一派。文人案头画是一派，对这一派也有许多争论，但它也有它的新趣味，不能一笔抹杀。这一种风格的影响有几百年。宋朝已经开始了，如苏东坡喜欢随便画点竹子，画树，画块石头。现在还有一件真迹，树画一个圈儿，底下是石头。按照画家的要求，这画画得非常外行，非常不及格，但这是真的。米芾画的《珊瑚笔架图》，笔道七扭八歪。这是文人游戏的笔墨。到了元朝才逐渐出现精美的文人画，影响一直到现在。这一派，这种创作方法，至今尚占很大的比重。

今天研究绘画确实方便多了，印刷品越来越精了，越来越多了。我们现在要想研究，有几点特别要注意。现在研究古代绘画，研究绘画沿革历史，必须从实物出发，得看到真正的原作（包括影印品），客观地比较，虚心地分析。只看书本上说的不够，只听别人讲的也不够，必须从实物出发，真正地客观地作了比较，我们才能得出正确的论断和新颖的见解。这种比较在古代、在从前印刷困难、在地下出土的东西不多时是没有办法的。在今天，我们确实是方便多了。

现在研究古代的绘画，又出现了两种困难。一是出现了太窄的现象。我认为，研究绘画，研究绘画沿革，不论在中国、在外国都出现了这样一种现象：研究一家，只抱住一家，翻来覆去地考证探索。须知这一家不能孤立存在，必须和当时的环境、当时的时代联系起来。"窄"还表现在只研究一家的一个方面，如一个画家又会画兰竹，又会画山水，又会画松树，却只是专门研究他画的竹子。这样就钻进了牛角尖而不自觉。二是论据必须是真品。有许多是假的，是古董商人瞎吹的。你根据的真伪还不分，不能"去伪存真"，又怎么能"去粗取精"呢？首先要辨别真伪。这里就出现一个问题，今天辨别真伪的标准，也被古董商人搅乱了。从明清以来就有这种情况：真画儿换假跋，真跋配假画儿，哪个名气大、哪个早、哪个值钱就写哪个。后来研究者也常陷入古董商人的这个标准。如评论是纸本还是绢本，质地颜色洁白还是昏黑，黑了就用漂白粉拼命冲洗，画儿的笔墨都不清楚了，底子可白了，那也要。因为"纸白版新"，这是古董商的标准。常见著录的书上说"这是上品"，但笔墨画法并不高明。为什么是上品？就因为"纸白"，其实那是用化学药品冲洗白的。又如完整还是破碎，中国藏还是外国藏等，有许多人认为是外国藏的就好，其实这是令人很痛心的事。我虽然也忝被列入了"鉴定家"的行列，但我"知物不知价"。"'纸白版新'就好""这个值钱多"……这些我一点儿也不懂，因为我没做过古董商人。

总之，今天研究绘画，必须根据可靠的、可信的资料，要辨别真伪，真到什么程度，是作者亲笔还是复制品？我们为研究一种风格，复制品也有价值。当然，从古董的价钱说，复制品与原作不同，但如从学术上讲，是有研究价值的。现在印刷品很多，有了彩色印刷，虽然比起原作还有差距，但无论如何比黑白的好多了。我们受近代科学的嘉惠，受近代科学之赐，研究绘画更方便了。

今天研究金石书画的条件已千倍万倍地优于前人，我们研究的便利比古人要大得多。只要我们的观点是正确的，从实物而不是从现象出发，博学、广问、慎思、明辨，自己有一定的立脚点而不随声附和，我们的成绩会是无限的。

启功（1912—2005），字元白，也作元伯，中国当代著名教育家、古典文献学家、书画家。

　　《金石书画漫谈》对金石书画的概念、历史与研究分别进行了界定与简要的梳理。"金"指金属所制器皿，历史可上溯到商、周铸造的青铜器。对铜器的研究至清朝末年已成大宗，包括器皿的制造、纹饰及铭文都被纳入了研究的视野之内。"石"即石刻，可追溯到先秦的石鼓文。现在所称的"石"多指汉代之后的石刻，包括碑、墓志，以及石刻拓印的"帖"。石刻用途极广，数量极大，这也是石刻研究的困难之处。石刻研究的一个重要部分是对其书法的研究，文章由此转入对"书"的介绍。"书"指书法，是中国特有的一种艺术。书法是与写字的行为相伴而生的，历史悠长、用途广泛，在书法研究方面亦众说纷纭。对书法的研究与学习应基于对书法的沿革，古代的碑帖、墨迹的理解与熟悉之上。由于历史之长、材料之丰，对古代绘画的研究首先需要确定正确的起点与看法。其次，在研究绘画时应拓宽关注面，避免窄化。第三，对研究的绘画应仔细鉴别，排除古董商人的不良影响而去伪存真、去粗存精。启功认为，金石书画是中华民族艺术的特征，彼此之间亦相互联系，研究金石书画对进入中华民族传统艺术的世界极有助益。启功又指出，在从事研究之时重要的是，我们应有正确的观点，立足于实物而非现象，不随声附和。理解这些，对于我们从事其他的研究，也有很大的借鉴意义。

孟浩然 ①

闻一多 著

当年孙润夫家所藏王维画的孟浩然像，据《韵语阳秋》的作者葛立方说，是个很不高明的摹本，连所附的王维自己和陆羽、张洎等三篇题识，据他看，也是一手摹出的。葛氏的鉴定大概是对的，但他并没有否认那"俗工"所据的底本，即张洎亲眼见到的孟浩然像，确是王维的真迹。这幅画，据张洎的题识说：

虽轴尘缣古，尚可窥览。观右丞笔迹，穷极神妙。襄阳之状颀而长，峭而瘦，衣白袍，靴帽重戴，乘款段马——一童总角，提书笈负琴而从——风仪落落，凛然如生。

这在今天，差不多不用证明，就可以相信是逼真的孟浩然。并不是说我们知道浩然多病，就可以断定他当瘦。实在经验告诉我们，

---

① 选自《唐诗杂论》，上海古籍出版社，1998 年版。此文原载于《大国民报》，后在 1948 年收入《闻一多全集》。

什么人是当如其诗的。你在孟浩然诗中所意识到的诗人那身影，能不是"颀而长，峭而瘦"的吗？连那件白袍，恐怕都是天造地设，丝毫不可移动的成分。白袍靴帽固然是"布衣"孟浩然分内的装束，尤其是诗人孟浩然必然的扮相。编《孟浩然集》的王士源应是和浩然很熟的人，不错，他在序文里用来开始介绍这位诗人的"骨貌淑清，风神散朗"八字，与夫陶翰《送孟六入蜀序》所谓"精朗奇素"，无一不与画像的精神相合，也无一不与孟浩然的诗境一致。总之，诗如其人，或人就是诗，再没有比孟浩然更具体的例证了。

张祜曾有过"襄阳属浩然"之句，我们却要说：浩然也属于襄阳。也许正惟浩然是属于襄阳的，所以襄阳也属于他。大半辈子岁月在这里度过，大多数诗章是在这地方、因这地方、为这地方而写的。没有第二个襄阳人比孟浩然更忠于襄阳，更爱襄阳的。晚年漫游南北，看过多少名胜，到头还是"山水观形胜，襄阳美会稽"。实在襄阳的人杰地灵，恐怕比它的山水形胜更值得人赞美。从汉阴丈人到庞德公，多少令人神往的风流人物，我们简直不能想象一部《襄阳耆旧传》对于少年的孟浩然是何等深厚的一个影响。了解了这一层，我们才可以认识孟浩然的人，孟浩然的诗。

隐居本是那时代普遍的倾向，但在旁人仅仅是一个期望，至多也只是点暂时的调剂，或过期的赔偿，在孟浩然却是一个完完整整的事实。在构成这事实的复杂因素中，家乡的历史地理背景，我想，是很重要的一点。

在一个乱世，例如庞德公的时代，对于某种特别性格的人，入山采药，一去不返，本是唯一的出路。但生在"开元全盛日"的孟浩然，有那必要吗？然则为什么三番两次朋友伸过援引的手来，都被拒绝，甚至最后和本州采访使韩朝宗约好了一同入京，到头还是喝得酩酊大醉，让韩公等烦了，一赌气独自先走了呢？正如当时许多有隐士倾向的读书人，孟浩然原来是为隐居而隐居，为着一个浪漫的理想，为着对古人的一个神圣的默契而隐居。在他这回，无疑的那成立默契的对象便是庞德公。孟浩然当然不能为韩朝宗背弃庞公。鹿门山不许他，他自己家园所在，也就是"庞公栖隐处"的鹿门山，决不许他那样做。

鹿门月照开烟树，忽到庞公栖隐处，岩扉松径长寂寥，惟有幽人自来去。

这幽人究竟是谁？庞公的精灵，还是诗人自己？恐怕那时他自己也分辨不出，因为心理上他早与那位先贤同体化了。历史的庞德公给了他启示，地理的鹿门山给了他方便，这两项重要条件具备了，隐居的事实便容易完成得多了。实在，鹿门山的家园早已使隐居成为既成事实，只要念头一转，承认自己是庞公的继承人，此身便俨然是《高士传》中的人物了。总之，是襄阳的历史地理环境促成孟浩然一生老于布衣的。孟浩然毕竟是襄阳的孟浩然。

我们似乎为奖励人性中的矛盾，以保证生活的丰富，几千年来一直让儒道两派思想维持着均势，于是读书人便永远在一种心灵的僵局中折磨自己，巢由与伊皋，江湖与魏阙，永远矛盾着，冲突着，于是生活便永远不谐调，而文艺也便永远不缺少题材。矛盾是常态，愈矛盾则愈常态。今天是伊皋，明天是巢由，后天又是伊皋，这是行为的矛盾。当巢由时向往着伊皋，当了伊皋，又不能忘怀于巢由，这是行为与感情间的矛盾。在这双重矛盾的夹缠中打转，是当时一般的现象。反正用诗一发泄，任何矛盾都注销了。诗是唐人排解感情纠葛的特效剂，说不定他们正因有诗作保障，才敢于放心大胆地制造矛盾，因而那时代的矛盾人格才特别多。自然，反过来说，矛盾愈深愈多，诗的产量也愈大了。孟浩然一生没有功名，除在张九龄的荆州幕中一度当过清客外，也没有半个官职，自然不会发生第一项矛盾问题。但这似乎就是他的一贯性的最高限度。因为虽然身在江湖，他的心并没有完全忘记魏阙。下面不过是许多显明例证中之一：

欲济无舟楫，端居耻圣明，坐观垂钓者，徒有羡鱼情。

然而"羡鱼"毕竟是人情所难免的，能始终仅仅"临渊羡鱼"，而并不"退而结网"，实在已经是难得的一贯了。听李白这番热情的赞叹，便知道孟浩然超出他的时代多么远：

　　吾爱孟夫子，风流天下闻。红颜弃轩冕，白首卧松云。醉月频中圣，迷花不事君。高山安可仰，徒此揖清芬。

　　可是我们不要忘记矛盾与诗的因果关系，许多诗是为给生活的矛盾求统一、求调和而产生的。孟浩然既免除了一部分矛盾，对于他，诗的需要便当减少了。果然，他的诗是不多，量不多，质也不多。量不多，有他的同时人作见证，杜甫讲过的："吾怜孟浩然……赋诗虽不多，往往凌鲍谢。"质不多，前人似乎也早已见到。苏轼曾经批评他"韵高而才短，如造内法酒手，而无材料"。这话诚如张戒在《岁寒堂诗话》里所承认的，是说尽了孟浩然，但也要看"才"字如何解释。才如果是指才情与才学二者，那就对了，如果专指才学，还算没有说尽。情当然比学重要得多。说一个人的诗缺少情的深度和厚度，等于说他的诗的质不够高。孟浩然诗中质高的有是有些，数量总是太少。"气蒸云梦泽，波撼岳阳城"式的和"微云淡河汉，疏雨滴梧桐"式的句子，在集中几乎都找不出第二个例子。论前者，质和量当然都不如杜甫，论后者，至少在量上不如王维。甚至"不材明主弃，多病故人疏"，质量都不如刘长卿和十才子。这些都不是真正的孟浩然。真孟浩然不是将诗紧紧地筑在一联或一句里，而是将它冲淡了，平均地分散在全篇中：

出谷未停午，到家日已曛。回瞻下山路，但见牛羊群。樵子暗相失，草虫寒不闻。衡门犹未掩，伫立望夫君。

甚至淡到令你疑心到底有诗没有：

垂钓坐盘石，水清心亦闲。鱼行潭树下，猿挂鸟藤间。游女昔解佩，传闻于此山。求之不可得，沼月棹歌还。

淡到看不见诗了，才是真正孟浩然的诗，不，说是孟浩然的诗，倒不如说是诗的孟浩然，更为准确。在许多旁人看来，诗是人的精华；在孟浩然看来，诗纵非人的糟粕，也是人的剩余。在最后这首诗里，孟浩然几曾作过诗？他只是谈话而已。甚至要紧的还不是那些话，而是谈话人的那副"风神散朗"的姿态。读到"求之不可得，沼月棹歌还"，我们得到一如张洎从画像所得到的印象，"风仪落落，凛然如生"。得到了像，便可以忘言，得到了"诗的孟浩然"便可以忘掉"孟浩然的诗"了。这是我们前面所提到的"诗如其人"或"人就是诗"的另一解释。

超过了诗也好，够不上诗也好，任凭你从环子的哪一点看起。反正除了孟浩然，古今并没有第二个诗人到过这境界。东坡说他没有才，东坡自己的毛病，就在才太多。

庄子笑曰："周将处乎材与不材之间。材与不材之间，似之而非也，故未免乎累。"

谁能了解庄子的道理，就能了解孟浩然的诗，当然也得承认那点"累"。至于"似之而非"，而又能"免乎累"，那除陶渊明，还有谁呢？

闻一多（1899—1946），中国现代诗人、学者、民主战士，前期新月派代表人物。其对纠正早期新诗过分散漫自由、推动新诗发展有突出贡献，作诗讲求节制情感，以"和谐""均齐"作为重要的审美特征。闻一多曾留学美国，其诗歌往往传达他在学习西方文化的同时感受到的民族与文化的压迫。这种矛盾催生了其诗独特的"沉郁"风格。代表作有《死水》《红烛》。同时，闻一多也致力于中国古代文学的研究，著有《楚辞校补》《唐诗杂论》等。作为坚定的民主战士，闻一多于1946年在昆明被国民党特务暗杀。

孟浩然（689—740），襄阳人，世称孟襄阳，因其一生未曾入仕，又称孟山人。唐代著名山水田园诗人，其诗多写山水田园以及羁旅行役的心情，具有闲静淡远之风，与王维并称"王孟"。

本文谈孟浩然其诗其人，是从一幅画像入手。画像中消瘦颀长、风仪落落的形象恰是读者能从其诗中辨认出的孟浩然，从而指出孟浩然"诗人一体"——不仅是隐逸的诗，也是出世的人，真正将归隐的期望活成了现实。这种彻底的隐逸与襄阳有关，襄阳在文化上有山阴丈人、庞德公等高士的旧精魂，地理上的鹿门山也给予隐逸以方便。因此，虽然偶有庙堂与江湖的矛盾，但孟浩然真正做到了以布衣而终老，已然超越了自己的时代。这样，孟浩然也无须以诗歌作为纾解矛盾的出口。因此，其诗量不多，质也不高。真正属于孟浩然的诗是极其冲淡的，甚至淡到"没有诗"。而在诗消失的地方，诗的孟浩然显现了。孟诗所呈现的，正是庄子所谓的处于"材与不材"之间。

本文尽管是关于孟浩然的诗论与传略，但并不以枯燥深奥的学术性文字写来。全文以平易自然的语言进行考察、讨论，不仅对理解孟浩然其诗、其人有极大的帮助，本身也是一篇回味无穷的美文。

 第三条岸

对绝大多数人来说，生活总是普通而平淡的，但始终有一种力量呼唤我们超越现实，寻找指向终极的意义，于是我们有了哲学，有了许许多多的思考。人们也在文学中思考，用文字构建一个不同的世界，就像河流本来只有两条岸。这个不同的世界就是"第三条岸"。本单元的三篇小说从严格意义上说都难以归入现实主义，它们所具有的别样的气质显得有些古怪又引人入胜，促使我们生发种种思索。

法的门前 ①

[奥地利] 卡夫卡 著　孙坤荣 译

　　法的门前站着一个守门人。一个从乡下来的人走到这个守门人跟前，请求让他进法的门里去。可是，守门人说，现在不能让他进去。乡下人想了一想，然后又问道，那么以后可不可以让他进去。

　　"有可能，" 守门人说，"但现在不行。"

　　因为通向法的大门始终是敞开着的，守门人又走到一边去了，乡下人便弯腰探身，往门里张望。

　　守门人发现他这样做，笑着说："如果你很想进去，那就不妨试试，暂且不管我是否许可。不过你得注意：我是有权的。我只是一个最低级的守门人。从一个大厅到另一个大厅都有守门人，而且一个比一个更有权。就是那第三个守门人的模样，我甚至都不敢正视一眼。"

　　乡下人没有料到会有这么多的困难。他本来想，法的大门应该是每个人随时都可以通过的，但是，他现在仔细地看了一眼穿着皮

---

① 选自《卡夫卡小说选》，人民文学出版社，1994 年版。

大衣的守门人，看着他那又大又尖的鼻子和又长又稀又黑的鞑靼胡子，他便决定，还是等一等，得到允许后再进去。

守门人给了他一个小矮凳，让他在门旁坐下。他就这样，长年累月地坐在那里等着。他做了多次尝试，请求让他进去，守门人也被弄得厌烦不堪。守门人时不时地也和他简短地聊上几句，问问他家里的情况和其他一些事情，不过，提问题的口气是非常冷漠的，就好像那些大人物提问一样；临到最后，守门人总是对他说，现在还不能放他进去。

乡下人为这次旅行随身带了许多东西；为了能买通守门人，他把所有的东西都送掉了，这总还是非常值得的。守门人虽然把礼物都收下了，但每次总是说："我收下来，只是为了免得让你认为，还有什么事情办得不周。"

在这漫长的年月里，乡下人几乎一刻不停地观察着这个守门人。他忘记了还有其他的守门人，似乎这第一个守门人就是他进入法的大门的唯一障碍。最初几年，他还大声地咒骂自己的不幸遭遇，后来，他渐渐老了，只能独自嘟囔几句。他变得稚气起来了，因为对守门人的常年观察，甚至对守门人皮领子上的跳蚤都熟识了，他也请求跳蚤来帮助他，说服守门人改变主意。

最后，他的视力变弱了，他不知道，是否他的周围世界真的变得暗下来了，或者只是他的眼睛在欺骗他。可是，就在这黑暗中，他却看到一束从法的大门里射出来的永不熄灭的光线。现在他的生命就要完结了。

在临死之前，这么多年的所有体验都涌在他的头脑里，汇集成一个迄今为止他还没有向守门人提出过的问题。他招呼守门人过来，因为他那僵硬的身体再也站立不起来了。守门人不得不把身子俯得很低才能听到他说话，因为这两个人的高度差别太大显得对乡下人非常不利。

"你现在还想知道些什么？"守门人问，"你这个人真不知足。"

"所有的人都在努力到达法的跟前，"乡下人说，"可是，为什么这许多年来，除了我以外没有人要求进去呢？"

守门人看出，这乡下人快要死了，为了让他那渐渐消失的听觉还能听清楚，便在他耳边大声吼道："这道门没有其他人能进得去，因为它是专为你而开的。我现在要去把它关上了。"

导读

卡夫卡（1883—1924），奥地利作家，生于捷克，是现代主义和表现主义文学的重要代表。他的小说常采用寓言体，背后的寓意人言人殊，其作品很有深意地抒发了他愤世嫉俗的决心和勇气，他别开生面的手法，令20世纪多个写作流派纷纷追认其为先驱。著有长篇小说《美国》《审判》《城堡》（均未完成），短篇小说《中国长城的建造》《判决》《饥饿艺术家》等作品。

卡夫卡生活在奥匈帝国即将崩溃的时代，又深受尼采、柏格森的哲学影响，对政治事件也一直抱旁观态度，故其作品大都用变形荒诞的形象和象征直觉的手法，表现被充满敌意的社会环境所包围的孤立、绝望的个人。卡夫卡在《法的门前》这篇寓言里指出了"乡下人"渴望进入"法"的大门的心理，他要了解那些强加于自己生活的规矩，为此他不惜等待一生——他终于得到了最后的答复。法律的大门始终为你敞开，却又不能允许你进入。这是卡夫卡对法的理解，就是说，卡夫卡的思想里隐藏着：法律针对的恰好是那些不知道法律秘密的"乡下人"，针对的是法律专家之外、不懂得法律的大多数人。"法"的门前的守卫只是"法"的存在的一个证明，并且是"法"对想了解它的人的一种拒绝的姿态，而不是"法"的真貌。"法"的真貌被完全地"遮蔽"在守卫的身后，隐藏在"无限的台阶"之后，"法"的意义不在于显示，而在于隐匿自身。

窝　囊①

［俄国］契诃夫　著　汝龙 译

前几天，我把我孩子的女家庭教师尤丽雅·瓦西里耶芙娜请到我书房里来。需要算一算账了。

"请坐，尤丽雅·瓦西里耶芙娜！"我对她说，"我们来算一算账。您大概要用钱，可是您这么客气，自己不开口要。……好，我们来算吧。……以前我跟您说定每月三十卢布。……"

"四十。……"

"不，每月三十。……我已经记在本子上了。……我付给女家庭教师的薪水，素来是每月三十。……喏，您在我们这儿工作了两个月。……"

"两个月零五天。……"

"整整两个月。……我的本子上就是这么记的。那么，您该得六十卢布。……其中要扣掉九个星期日……要知道每到星期日，您

---

① 选自《契诃夫小说全集》，汝龙译，上海译文出版社，1995 年版。

并不给柯里亚讲课，光是玩……另外还有三个假日。……"

尤丽雅·瓦西里耶芙娜脸红了，开始拉扯她衣服的皱边，可是……她一句话也没说！……

"三个假日。……因此，就要扣掉十二卢布。……柯里亚害过四天病，没有上课。……您光给瓦莉雅一个人讲课。……您牙痛过三天，我的妻子允许您午饭后不上课。……十二加七，是十九。减掉这个数目，应该还剩下……嗯……四十一卢布。对吗？"

尤丽雅·瓦西里耶芙娜的双眼红起来，含满泪水。她的下巴开始颤抖。她烦躁地咳嗽起来，擤鼻涕，可是，一句话也没说！……

"新年前，您打碎一个茶碗和一个茶碟。……扣掉两卢布。……其实茶碗贵重得多，是祖传下来的，不过……这也不跟您计较了！我咬一咬牙，算了！其次，小姐，由于您照管不周，柯里亚爬上树去，撕破了小上衣。……扣掉十卢布。……有个使女把瓦莉雅的皮鞋偷走了，也是因为您照管不周。样样事情您都应该照看好。您是拿了薪水的。那么，这就还要扣掉五个。……一月十日您在我这儿拿去十卢布。……"

"我没拿过！"尤丽雅·瓦西里耶芙娜小声说。

"可是我这个本子上记着嘛！"

"哦，算了……好吧。"

"四十一减掉二十七，还剩下十四卢布。……"

她两只眼睛都含满泪水了。……她那又长又好看的小鼻子上冒出汗珠。可怜的姑娘！

"我只拿过一回，"她用发抖的声调说，"我在您太太那儿拿过三卢布。……此外我没有拿过。……"

"是吗？您瞧瞧，我这本子上却没记下！十四减三，剩下十一。……喏，把您的钱拿去，最亲爱的！三个……三个，三个……一个和一个。……您收下吧，小姐！"

我就给她十一卢布。……她接过钱去，用发抖的小手指头把它们塞进口袋里。

"Merci！"①她小声说。

我跳起来，在房间里走来走去。我气愤极了。

"您干吗道谢？"我问。

"因为您给了钱。……"

"可是话说回来，我侵吞了您的钱，见鬼，我抢劫了您的钱！要知道，我是在克扣您的工钱！您干吗还道谢？"

"在别的地方，人家根本连一个钱也没给过我。……"

"没给过？这就难怪了！我呢，是跟您开玩笑，给您上了残酷的一课。……您那八十卢布我会统统给您的！喏，钱已经给您准备好，装在信封里了！可是，难道做人能这么软弱可欺？为什么您不提出抗议？为什么您不声不响？难道在这个世界上能够不以牙还牙？难

---

① 注：法语，谢谢。

道做人能这么窝囊？"

　　她苦笑一下，她脸上的表情告诉我：这是可能的！

　　我为那残酷的一课请求她原谅，然后把八十卢布统统拿给她，这却使她大吃一惊。她胆怯地道过谢，走出去。……我瞧着她的背影，心里暗想：在这个世界上做一个强者可真是容易啊！

契诃夫（1860—1904），19世纪末俄国短篇小说巨匠，著名剧作家，被列夫·托尔斯泰誉为"无与伦比的艺术家"。著有短篇小说《小公务员之死》《变色龙》《第六病室》，剧本《伊凡诺夫》《万尼亚舅舅》《三姊妹》《樱桃园》等。契诃夫始终对现实保持着热切的关注，他的作品真实地反映了1905年资产阶级革命前夜的俄国的社会生活，具有犀利的批判力量。

契诃夫的小说简练、质朴、深刻，善于塑造典型形象，人物栩栩如生。《窝囊》中的家庭女教师是当时社会小人物的典型，唯唯诺诺，逆来顺受，面对主人对她薪水"有理有据"的笔笔克扣，她却毫无条件地接受，甚至当最后仅能得到十一卢布的时候，她也表示了感谢，因为在别的地方，人家连一个钱也没给过她。她悲惨的境遇令人同情，而她毫不愤怒、软弱可欺的表现则令人又震惊又气愤。作者对其"哀其不幸，怒其不争"的态度与我国的鲁迅先生是一致的。严酷的现实造就了这样的小人物，他们心中早已失去了抗争的勇气，契诃夫将这样的人物作为主人公，一方面揭示了社会的黑暗不公，另一方面也希望借此将现实生活中同样的人物唤醒。

河的第三条岸 ①

[巴西] 若昂·吉马朗埃斯·罗萨 著　杨幼力、乔向东 译

　　父亲是一个尽职、本分、坦白的人。据我认识的几个可以信赖的人说，他从小就这样。在我的印象中，他并不比谁更愉快或更烦恼。也许只是更沉默寡言一些。是母亲，而不是父亲，在掌管着我们家，她天天都责备我们——姐姐、哥哥和我。

　　但有一天，发生了一件事：父亲竟自己去订购了一条船。

　　他对船要求很严格：小船要用含羞草木特制，牢固得可在水上漂二三十年，大小要恰好供一个人使用。母亲唠叨不停，牢骚满腹，丈夫突然间是想去做渔夫或猎人吗？父亲什么也没说。离开我们家不到一英里，有一条大河流经，水流平静，又宽又深，一眼望不到对岸。

　　我总忘不了小船送来的那天。父亲并没有显出高兴或别的什么神情，他只是像往常一样戴上帽子，对我们说了声再见，没带食物，

① 选自《温暖的旅程——影响我的 10 部短篇小说》，余华选，新世界出版社，1999 年版。

也没拿别的什么东西。我原以为母亲会大吵大闹，但她没有。她脸色苍白，紧咬着嘴唇，从头到尾她只说过一句话："如果你出去，就待在外面，永远别回来。"

父亲没有吭声，他温柔地看着我，示意我跟他一起出去。我怕母亲发怒，但又实在想跟着父亲。我们一起向河边走去了。我强烈地感到无畏和兴奋："爸爸，你会带我上船吗？"

他只是看着我，为我祝福，然后做了个手势，要我回去。我假装照他的意思做了，但当他转过身去，我伏在灌木丛后，偷偷地观察他。父亲上了船，划远了。船的影子像一条鳄鱼，静静地从水上划过。

父亲没有回来，其实他哪儿也没去。他就在那条河里划来划去，漂去漂来。每个人都吓坏了。从未发生过，也不可能发生的事现在却发生了。亲戚、朋友和邻居议论纷纷。

母亲觉得羞辱，她几乎什么都不讲，尽力保持着镇静。结果几乎每个人都认为（虽然没有人说出来过）我父亲疯了。也有人猜想父亲是在兑现曾向上帝或者圣徒许过的诺言，或者，他可能得了一种可怕的疾病，也许是麻风病，为了家庭才出走，同时又渴望离家人近一些。

河上经过的行人和住在两岸附近的居民说，无论白天黑夜都没见父亲踏上陆地一步。他像一条弃船，孤独地、漫无目的地在河上漂浮。母亲和别的亲戚们一致以为他藏在船上的食物很快就会吃光，那时他就会离开大河，到别的地方去（这样至少可以少丢一点脸），或者会感到后悔而回到家中。

他们可是大错特错了！父亲有一个秘密的补给来源：我。我每天偷了食物带给他。他离开家的头一夜，全家人在河滩上燃起篝火，对天祈祷，朝他呼喊。我感觉到深深的痛苦，想为他多做点什么。第二天，我带着一块玉米饼、一串香蕉和一些红糖来到河边，焦躁不安地等了很久，很久。终于，我看见了那条小船，远远的，孤独的，令人几乎察觉不到地漂浮着。父亲坐在船板上。他看见了我，却不向我划过来，也没做任何手势。我把食物远远地拿给他看，然后放在堤岸的一个小石穴里（动物找不到，雨水和露水也打湿不了），从此以后，我天天这样。后来我惊异地发现，母亲知道我所做的一切，而且总是把食物放在我轻易就能偷到的地方。她怀有许多不曾流露的情感。

母亲叫来她的兄弟，帮助做农活和买卖。还请来学校的教师给我们上课，因为我们已经耽误了很多时光了。有一天，应母亲的请求，一个牧师穿上法衣来到河滩，想驱走附在父亲身上的魔鬼。他对父亲大喊大叫，说父亲有责任停止这种不敬神的顽固行为。还有一次，母亲叫来两个士兵，想吓吓父亲，但一切都没有用。父亲从远处漂流而过，有时远得几乎看不见。他从不搭理任何人，也没有人能靠近他。新闻记者突然发起袭击，想给他拍照时，父亲就把小船划进沼泽地里去，他对地形了如指掌，而别人进去就迷路。在他这个方圆好几英里的迷宫里，前后左右都是浓密的树丛，他不会被人发现。

我们不得不去习惯父亲在河水上漂浮这个现实。但事实上却不能。我们从来没有习惯过。我觉得我是唯一多少懂得父亲想要什么和不想要什么的人。我完全不能理解的是他怎么能够忍受那种困苦：白天黑夜，风中雨里，酷暑严寒，只有一顶旧帽和单薄的衣衫，日复一日，年复一年，生命在废弃和空寂中流逝，他却一点都不在意。从不踏上泥土、草地、小岛或河岸一步。毫无疑问，他有时也把船系在一个隐蔽的地方，也许小岛的顶端，稍微睡一会儿。从没生过火，甚至没有划燃过一根火柴，他没有一丝光亮。仅仅拿走我放在石穴里的一点点食物——对我来说，那是不足维生的。他的身体怎么样？不停地摇桨要消耗他多少精力？每到河水泛滥时，裹在激流中那许多危险的东西——树枝、动物尸体等等——会不会突然撞坏他的小船？他又怎么能幸免于难？

他从不跟人说话。我们也从不谈论他，只在脑子里默默地想。我们从不能不想他。如果有片刻似乎没想他，那也只是暂时，而且马上又会意识到他可怕的处境而从中惊醒。

姐姐结婚了，母亲不想举办结婚宴会——那会是一件悲哀的事，因为我们每吃到精美可口的东西，就会想起父亲来。就像在风雨交加的寒夜，我们睡在温暖舒适的床上就会想起父亲还在河上，孤零零的，没有庇护，只有一双手和一只瓢在尽力舀出小船里的积水。时不时有人说我越长越像我的父亲。但是我知道现在父亲的头发、胡须肯定又长又乱，手指甲也一定很长了。我在脑海里描出他的模样来：瘦削，虚弱，黝黑，一头蓬乱的头发，几乎是赤身裸体——尽管我偶尔也给他留下几件衣服。

他看起来一点也不关心我们，但我还是爱他，尊敬他，无论什么时候，有人因我做了一些好事而夸我，我总是说："是爸爸教我这样做的。"

这不是确切的事实，但这是那种真诚的谎言。我说过，父亲似乎一点也不关心我们。但他为什么留在附近？为什么他既不顺流而下，也不逆流而上，到他看不见我们，我们也看不见他的地方去？只有他知道。

姐姐生了一个男孩。她坚持要让父亲看看外孙。那天天气好极了，我们全家来到河边。姐姐穿着白色的新婚纱裙，高高地举起婴儿，姐夫为他们撑着伞。我们呼喊，等待，但父亲始终没有出现。姐姐哭了，我们都哭了，大家彼此携扶着。

姐姐和丈夫一起远远地搬走了，哥哥也到城里去了。时代在不知不觉中变了。母亲最后也走了，她老了，和女儿一起生活去了。只剩下我一个人留了下来。我从未考虑过结婚。我留下来独自面对一生中的困境。父亲，孤独地在河上漂游的父亲需要我。我知道他需要我，尽管他从未告诉过我为什么要这样做。我固执地问过别人，他们都告诉我：听说父亲曾向造船的人解释过。但是现在这个人已经死了，再没有人知道或记得一点什么。每当大雨持续不断时，就会冒出一些闲言来，说是父亲像诺亚一样聪慧，预见到一场新的大洪水，所以造了这条船。我隐隐约约地听见别人这样说。不管怎么样，我都不会因这件事责备父亲。

我的头发渐渐地灰白了。

只有一件事让我很难过：我有什么不对？我到底有什么罪过？父亲的出走，却把我也扯了进去。大河，总是不间断地更新自己。大河总是这样。我渐渐因年老而心瘁力竭，生命踌躇不前。同时受疾病和焦虑的袭击，患了风湿病。他呢？为什么，为什么要这样？他肯定遭受了更可怕的伤痛，他太老了。终有一天，他会精疲力竭，只好让小船翻掉，或者听任河水把小船冲走，直到船内积水过多而沉入滚滚不停的潜流之中。这件事沉沉地压在我心上，他在河上漂泊，我被永远地剥夺了宁静。我因不知道到底发生了什么而感到罪过，痛苦是我心里裂开的一道伤口。也许我会知道——如果事情不同。我开始猜想什么地方出了差错。

别想了！难道我疯了？不，在我们家里，这么多年来从没提到这个词。没有人说别人疯了，因为没有人疯，或者每个人都可能疯了。

我所做的一切就是跑到岸边,挥舞手帕,也许这样他会更容易看见我。我完全是强迫自己这样的,我等待着,等待着。终于,他在远处出现了,那儿,就在那儿,一个模糊的身影坐在船的后部。我朝他喊了好几次。我庄重地指天发誓,尽可能大声喊出我急切想说的话:

"爸爸,你在河上浮游得太久了,你老了……回来吧,你不是非这样继续下去不可……回来吧,我会代替你。就在现在,如果你愿意的话。无论何时,我会踏上你的船,顶上你的位置。"

说话的时候,我的心跳得更厉害了。

他听见了,站了起来,挥动船桨向我划过来。他接受了我的提议。我突然浑身战栗起来。因为他举起他的手臂向我挥舞——这么多年来这是第一次。我不能……我害怕极了,毛发直竖,发疯地跑开了,逃掉了。因为他像是另外一个世界来的人。我一边跑一边祈求宽恕,祈求,祈求。

极度恐惧带来一种冰冷的感觉,我病倒了。从此以后,没有人再看见过他,听说过他。从此我还是一个男人吗?我不该这样,我本该沉默,但明白这一点又太迟了。我不得不在内心广漠无际的荒原中生活下去。我恐怕活不长了。当我死的时候,我要别人把我装在一只小船里,顺流而下,在河上迷失,沉入河底……河……

若昂·吉马朗埃斯·罗萨（1908—1967），巴西作家，代表作有小说集《萨加拉纳》、长篇小说《广阔的腹地：条条小径》和诗集《岩浆》等。

在《河的第三条岸》中，罗萨塑造了一个孤独的父亲形象，他终日在河上漂游，从不走远，也从不上岸，没有和任何人说过一句话。父亲选择在此岸和彼岸之间的河面上生活，他的船就是"河的第三条岸"。父亲为什么要这样做？小说没有做出任何解释，而是让读者通过想象走向父亲深不可测的内心深处。随着时间的流逝，在家人的眼里，父亲由一个活生生的人逐渐变成了抽象的符号——一个与现实完全无关的符号。因此，多年以后，当他终于挥动船桨向儿子划过来的时候，儿子觉得"他像是另外一个世界来的人"，害怕地跑掉了。

在这篇小说中，每个细节都像是来自我们熟悉的日常生活，但小说的主题指向了荒诞，或许小说的意义也正在于这种超越现实的勇气。

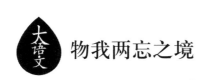 **物我两忘之境**

人是有感情的动物，从古至今，无数写作者将文学作为抒发感情的载体，让今日的我们通过文字穿过重重时光，重返他们的内心世界。这都是些怎样的心灵啊，如此丰富，如此微妙，又如此真挚！欣赏他们的内心的过程，也是自己的心灵变得更加纯净的过程。本单元选的诗歌、小说、散文，都是饱含感情之作，或直抒胸臆，或曲折隐忍，或冲淡平和，读来让人感同身受——是啊，还有什么能比得上如此美妙的阅读呢？

子夜四时歌①

春歌（二首）

春风动春心，流目瞩②山林。
山林多奇采，阳鸟③吐清音。

春林花多媚，春鸟意多衰④。
春风复多情，吹我罗裳开。

夏歌（二首）

田蚕事已毕，思妇犹苦身⑤。
当暑理缔⑥服，持寄与行人⑦。

---

① 选自《中国历代文学作品选》，上海古籍出版社，1980年版。
② 流目：转睛。流目瞩：四下环视。
③ 阳鸟：春天的鸟儿。阳：阳春。
④ 多衰：这里是动人的意思。
⑤ 思：句首语气词。犹：还。苦身：身体劳累。
⑥ 理：料理。缔（chī）：细葛布。
⑦ 行人：远行在外的丈夫。

青荷盖渌水 ①，芙蓉葩红鲜 ②。
郎见欲采 ③ 我，我心欲怀莲 ④。

秋歌（二首）

仰头看桐树，桐花特可怜 ⑤。
愿天无霜雪，梧子解 ⑥ 千年。

秋风入窗里，罗帐起飘扬。
仰头看明月，寄情千里光 ⑦。

冬歌（二首）

渊 ⑧ 冰厚三尺，素雪 ⑨ 覆千里。
我心如松柏，君情 ⑩ 复何似？

果欲结金兰 ⑪，但看松柏林。
经霜不堕地，岁寒无异心 ⑫。

---

① 渌（lù）水：清澈的水。
② 葩（pā）红鲜：正在张开艳红鲜嫩的花瓣。葩：未开足的花。
③ 采：音谐"睬"。
④ 莲：谐"怜"，爱的意思。这一句以双关隐语表达男女间的爱慕。
⑤ 可怜：可爱。
⑥ 梧子："吾子"的隐语。解：得。
⑦ 千里光：月光。这句是说：托月光把相思之情传送给我所怀念的人。
⑧ 渊：深水潭。
⑨ 素雪：白雪。
⑩ 君：她所爱恋的对象。情：作"心"。
⑪ 结金兰：结拜同心。
⑫ 无异心：双关语。松柏的本株为"心"，冬夏不变。这里说人要经得起严峻的考验，不可变心。

《子夜四时歌》是南朝时流行的民歌，收录在宋代郭茂倩所编的《乐府诗集》中，属"清商曲辞·吴声歌曲"，又称《子夜吴歌》。吴声歌产生于长江下游，大多是婉转的情歌，《乐府诗集》所收的七十五首《子夜四时歌》，来自晋、宋、齐三朝，其中《春歌》二十首，《夏歌》二十首，《秋歌》十八首，《冬歌》十七首，这里各选两首。内容大多是女子对爱情的表达，她们的感情自然、真挚、热烈，至今读来依然令人心动。

　　本册所选的八首，是《子夜四时歌》中比较有代表性的作品。与许多过分雕琢的文人诗作相比，《子夜四时歌》虽然来自民间，却有天然之美，语言生动清新，文字浅近而意味深长，这些诗作所表达的自由的爱情观并没有受到所谓仁义道德的桎梏，而是洋溢着生命本真的活力。

元曲一首[①]

白朴 著

庆东原[②]

忘忧草[③]，含笑花，劝君闻早[④]冠宜挂。那里也[⑤]能言陆贾？那里也良谋子牙[⑥]？那里也豪气张华[⑦]？千古是非心，一夕渔樵话[⑧]。

---

① 选自《元曲三百首》，吉林文史出版社，2000年版。
② 庆东原：曲牌名，又名郓城春，属双调。
③ 忘忧草：萱草。古人认为看此草可以忘忧。含笑花：木本植物，花如兰，开时不满，似含笑。
④ 闻早：趁早、赶早。冠宜挂：宜挂冠，就是最好把官辞掉。
⑤ 那里也：衬字，意为哪里去了。能言陆贾：汉代陆贾能言善辩。陆贾为汉高祖刘邦的谋士，有辩才，曾助刘邦平定天下。
⑥ 良谋子牙：具有谋略的姜子牙，为周武王的谋士，帮助周武王伐纣灭殷。
⑦ 豪气张华：晋代张华，曾作《鹪鹩赋》抒写豪情壮志。
⑧ 渔樵话：渔人樵夫所说的闲话。

【译文】

看一看那无忧无虑的忘忧草，看一看那笑口常开的含笑花，劝您看了以后早早离开官场，早把那个官帽挂。能言善辩的陆贾如今在哪儿？满腹韬略的谋臣姜子牙如今在哪儿？博学能文的豪士张华如今在哪儿？千古万世的是非曲直，成了渔夫樵客夜谈的闲话。

导读

　　白朴（1226—约1306），元著名戏曲作家，字仁甫、太素，号兰谷。隩州（今山西河曲）人，后居真定（今河北正定）。父白华为金枢密院判官。七岁时因战乱与家人离散，后得元好问救助，由元好问抚养长大。金亡后，他不肯出仕，浪迹山水，以诗酒自娱，一度寓居金陵（今江苏南京）。他工于杂剧，与关汉卿、马致远、郑光祖并称"元曲四大家"。所作杂剧今知有十六种，代表作为《梧桐雨》，被誉为"元曲冠冕"。另有词集《天籁集》。

　　白朴幼年颠沛流离，母亲也死于战乱中。长大后，家世沦落，郁郁不欢，不复有仕进之意，几次拒绝了官员的荐举，漂流大江南北十五年之久。五十五岁时定居金陵。在他的词和散曲中，常表现出故国之思、沧桑之感和身世之悲，情调凄凉低沉。曲词秀丽清新，有些小令颇有民歌特点。本曲系元代叹世之作的代表。意境高远，怀古叹今。作者劝友人且莫贪恋功名富贵，尽早辞官归隐，表现出作者本人超脱、放达、潇洒的个性。

秋凉偶记 ①

孙犁 著

扁　豆

北方农村，中产以下人家，多以高粱秸秆，编为篱笆，围护宅院。篱笆下则种扁豆，到秋季开花结豆，罩在篱笆顶上，别有一番风情。

扁豆分白紫两种，花色亦然，相间种植，花分两色，豆各有形，引来蜂蝶，飞鸣其间，又添景色不少。

白扁豆细而长，紫扁豆宽而厚，收获以后者为多。

我自幼喜食扁豆，或炒或煎。煎时先把扁豆蒸一下，裹上面粉，谓之扁豆鱼。

吃饭是一种习性，年幼时好吃什么，到老年还是好吃什么。现在农贸市场，也有扁豆上市。

---

① 选自《芸斋梦余》，人民日报出版社，1996 年版。

每逢吃扁豆，我就给家人讲下面一个故事：

一九三九年秋季，我在阜平县打游击，住在神仙山顶上。这座山很高很陡，全是黑色岩石，几乎没有人行路，只有牧羊人能上去。

山顶的背面，却有一户人家。他家依山盖成，门前有一小片土地，种了烟草和扁豆。

他种的扁豆，长得肥大出奇，我过去没有见过，后来也没有见过。

扁豆耐寒，越冷越长得多。扁豆有一种膻味，用羊油炒，加红辣椒，最是好吃。我在他家吃到的，正是这样做的扁豆。

他的家，其实就是他一个人。他已经四十开外，还是独身。身材高大，皮肤的颜色，和他身边的岩石，一般无二。

他也是一个游击队员。

每天天晚，我从山下归来，就坐在他的已经烧热的小炕上，吃他做的玉米面饼子和炒扁豆。

灶上还烤好了一片绿色烟叶，他在手心里揉碎了，我们俩吸烟闲话，听着外面呼啸的山风。

一九九二年八月十三日清晨

芸斋曰：此时同志，利害相闻，生死与共，不问过去，不计将来，可谓一心一德矣。甚至不问乡里，不记姓名，可谓相见以诚矣。

而自始至终，能相信不疑，白发之时，能记忆不忘，又可谓真交矣。后之所谓同志，多有相违者矣。

同日又记。

再观藤萝

楼下小花园，修建了一座藤萝架。走廊形，钢筋水泥，涂以白漆。下面还有供游人小憩的座位。但藤萝种了四五年，总爬不到架上去。原因是人与花争位，藤萝一爬到座位那里，妨碍了人，人就把它扒拉到地上去，再爬上来，就把它的尖子揪断。所以直到现在，藤条已经长到拇指那样粗，还是东一条，西一条，胡乱爬在地上。

藤萝这种花也怪，不上架不开花，一上架就开了。去年冬天，有一个老年人，好到这里休息，晒太阳，他闲着没事，随手抓了一条塑胶绳子，把头起的一枝藤条系到架上去，今年开春，它就开了一簇花，虽然一枝独秀，却非常鲜艳。

正当藤萝花开的时候，有几位年轻母亲，带孩子来这里坐。有一个女青年，听口音，看穿衣打扮，好像是谁家的保姆，也带着一个小孩，来架下玩耍。这位小保姆，个儿比较高，长得又健康俊俏，她站在架下，藤萝花正开在她的头上，在早晨的阳光照耀下，就好像谁给她插上去的。

　　自改革开放以来，妇女服饰大变，心态也大变。只要穿上一件新潮衣裙，理上一个新潮发型，就是东施嫫母，也自我感觉良好，忽然变成了天仙。她们听着脚下高跟的响声，闻着脸上粉脂的香味，飘飘然地找到了自己的位置和价值。

　　这位农村来的女青年，站在这些人中间，显得超凡出众。她的美，是一种自然美，包括大自然的水土，也包括大自然的陶冶。她的美，是天生的，不是人为的，更没有描眉画眼的作假。她好像自觉到了这一点，所以她站在这些大城市时髦妇女中间，丝毫没有"不如人家"的感觉。她谈笑从容，对答如流，使得这些青年主妇，也不能轻视她的聪明美丽。她成了谈话的中心，鹤立鸡群。

　　藤萝架旁边，每天还有一些老年妇女练功。教她们的，是一位带有江湖气味的中年人。这是一位热心公益的人，见到藤条散落地下，在他的学生们到来之前，他就找些绳索，把它们一一系到架上去。估计明年春季，藤萝架上，真的要繁花似锦了。

　　　　　　　　　　　　　一九九二年八月十六日清晨

孙犁（1913—2002），生于河北省安平县，著有长篇小说《风云初记》，小说散文集《白洋淀纪事》，中篇小说《铁木前传》《村歌》，文学评论集《文学短论》等，另有《孙犁文集》正续编8册和《晚华集》等10种散文集传世。孙犁的散文一直以淳朴清新著称，他早期的散文以写人见长，后期议论的成分明显增加，篇幅简短却意蕴弥深，温和的文字中闪烁着智慧的光芒。

　　《扁豆》一文写得随意，淡而有味，平淡见真。开头像是博物志的写法，只是介绍知识，说到一半却忽然讲了个"故事"，其实故事也没有什么情节，只是一个游击队员种豆以及作者和他吃豆的经历，却将普通革命者的形象活生生展现在读者眼前，而作者和他在炕上"吸烟闲话，听着外面呼啸的山风"，其中的自在与恬淡，更是令人向往。《再观藤萝》也是以植物开头，楼下的藤萝由一位老人帮着上架之后第一次开出花来，植物的变化似乎和时代的变化同步，城市女子时髦起来，小保姆在她们中间反而因为天然之美而超凡出众。最后作者说起"明年春季，藤萝架上，真的要繁花似锦了"，虽然只有一句，却给人留下了美好的想象空间。

山 头

林斤澜 著

　　浙南冬日如秋，秋雨和春雨又能混混。我们淋着雨，爬流雨的岩，攀雨湿的竹竿，走浸雨的泥路，我们钻进封闭的泽雅山沟，享受了寂静和明净的极致。到了极致，静和净不能分，把这个头上加个＂寂＂，那个加个＂明＂，都没有用，原都是山沟里的一股灵气。

　　我们终究爬上了山头，站到了高山之巅，脚下出现一片洼地。先，一泻而下的快感。再，一泻而开阔的美感。又再，树木、土地、岩石、砖瓦，无不刚刚出水的湿润新鲜。洼地中央，却是一项青石桥，也像是崭新的，又实在是古典的款式。相信泽雅山沟封闭着天地灵气，是天地灵气从山头出土成桥。本地把桥论顶，这样的桥不叫顶，还能叫什么！

　　有桥想当然有山泉，山泉流过三五山头人家，不但流过树木的根下，还化成雾流过树巅，和白云做队，和枝梢相伴。

泽雅山又叫纸山，现在也还保留得有原始的做纸作坊，一股水的流转，带动几座泵，几盘旋盘。又因开发旅游，向北比着雁荡山叫西雁。这两个字站在一起，带来多少想象。

叫纸山时节，不少血和泪，全没有山水上的心思，历史就是彼一时此一时，别无话说。

山头边上，停着一辆轿车，司机开门迎接。我们坐车从沟帮慢坡蜿蜒下山，问司机等了多久，说，两三个钟头了。又问不冷吗？不冷清吗？不清静吗？

吃了碗炒粉干。

山头有店？

山头哪家也待客。

再喝点老酒就好了。

半斤。

哦！烫热没有？

烫热了。

一车的人都由冬日走进春天，车外山水也由明净转移到明丽的境界。

素炒？

腊肉。

新晒的。

边晒边吃的。

打鸡蛋了?

蛋丝。

就一会儿工夫，就一碗粉干，也煎蛋皮切丝。腊肉也是丝不是？
是丝？还有油菜薹，天，你看颜色，白、黄、红、绿！

好像盘问到根到梢了，只是一车的眼睛，盯着山水"来呆"，
是和山水的精灵辩论？辩论这山头人家的主妇的相貌的手段的款式
的眉眼高低？

车到平地，立刻到个小院，和司机告别时节忽然想起，司机最好是
回答："下回再来山头，到我家坐坐，叫我媳妇炒碗粉干，烫壶老酒。"

导读

　　林斤澜（1923—2009），作家、诗人、评论家。原名林庆澜，曾用名林杰、鲁林杰，浙江温州人。著有小说集《春雷》《飞筐》《山里红》《林斤澜小说选》《石火》《满城飞花》，文论集《小说说小》，散文集《舞伎》《人生怀拘》《山外青山》等。

　　林斤澜经常活跃在故乡江南和工作地北京两地之间，对江南和北国有着不一样的情怀、感受和认识。作品一般取材于农民或知识分子的现实生活，讲究构思立意，风格清新隽永，独树一帜。《山头》就是描写浙南当地风光、民俗的一篇散文。轻快的语言表现出了作者对生活的热爱之情。

苍　穹

［日本］梶井基次郎[1] 著　张琳 译

　　晚春的一个下午，我坐在沿着村里街道展开的土堤上，沐浴着阳光。天空中悬卧着一块一动不动的巨云。巨云朝向地面的一侧呈现着一种紫藤色。不知怎么，这巨云和紫藤色令我感到一种漠然的悲哀。

　　我坐的地方是村子里最宽阔的平地边缘。村子的四周是山和溪流，无论将视线投到何处，都只能眺望到倾斜的地势。这风景每时每刻都在受到重力法则的威胁。光和影的变迁又总是给这溪间的人们带来一种慌乱和不安的情感。站在这远远高出溪间的堤上，终日都可享受到阳光，放眼远眺，是村里的人们最高的享受。可对于终日在阳光下远眺的我，这心旷神怡的风景却只能带来伤感的乡愁。因为这使我想起了 Lotus-eater[2] 所居住的那总是下午的国度。

　　云躺在平地尽头那长满杂木的山顶。从山那边不时传来杜鹃的

---

① 梶井基次郎（1901—1932），日本小说家。主要作品有《冬日》《苍穹》《笕的故事》《冬蝇》《樱花树下》等。
② 源自《奥德赛》，指食忘忧树而忘却往事的人，贪安逸的人。

啼鸣。只有在山麓下，一架水车不停地旋转着，水被日光映照，闪闪泛光。除此之外，一切都是静止不动和暖融融的。阳光洒满了晚春的山野，四周悄无声息，令人感到一种倦怠。那巨云仿佛也对这安逸的不适而悲伤。

我将目光移向了溪流。从半岛中心的群山中分流出来的两条溪流在我眼前，重又汇合在了一起。一座山像插在这两条溪流中的楔子，近处的山和远处的像一扇屏风的山峰连接在了一起，横亘在前方，挡住了人们的视线。山峰之间，一条溪流像一条美丽的带子，从远处的高山中流出，环绕在似十二重礼服的衣褶一样起伏的山峦中。溪流尽头的山巅上，独立着一棵巨大的枯树，是它诱发了我进一步远眺的欲望，进而看到了更远处一座座高耸着的山峰。太阳每天都要跨过这两条溪流，落到山的那边。此刻时刚过午，太阳刚刚跨过一条溪流。那似楔子般矗立在两条溪流中间的山峰这边，笼罩在死一般的阴影中，寂静安谧，格外引人注目。三月中旬，我常常看到杉木林中涌出一团团浓烟。其实，那是在日照极好，风力较强，湿度、温度都适宜的时候，从杉树林中飞扬出来的花粉。现在，已经受完精的杉树林披上了一层沉稳的褐色。像瓦斯体一样冒出了嫩芽的山毛榉、楢树等也染上了一层恰宜初夏的绿色。舒展开的嫩叶在阳光下各展其影。瓦斯体一样的梦幻感已然消失，只有那溪间茁壮茂盛的椎树不知已是第几次发芽了，似乎被涂了一身的黄粉。

　　我的视线游玩于这风景中间。当视线转移到两条溪流那边长满杉树的山上时，我发现那里不时地涌出薄云，那云薄得让人们仍可望得到晴空。我又鬼使神差般地被吸引了过去，眼看着那涌出来的云在阳光下将其辉煌巨大的身姿向空中扩展开去。

　　那云无穷尽地涌起，缓慢地回旋而上。同时，卷起升腾的边缘，又不断地向碧蓝的天空中逝去。没有任何事物可以比这云的变化更能唤起内心深处那难以名状的感情了。我那要看透这变化的目光，沉浸在那无穷尽的生成和变化之中，在这无限的循环往复中，一种近乎恐怖的、不可思议的感情充溢了我的胸膛。这种感情似乎堵住了我的喉头，身体中的平衡感渐渐消失，我不由得感到，如果这种状态长久地持续下去，在某个极点上，自己的身体恐怕会坠入一个气体旋涡之中。坠入时，自己的身体也像安上了火药的纸人一样，各个部位都失去了力量。

　　我渐渐从和云的距离与隔绝中陷入了上述的情感之中。这时，突然一个奇怪的现象映入了我的眼帘。这是发生在云涌出的地方，不是在形成云影的杉木林上空，而是在与杉木林相隔很远的地方。从那里我首次看到云开始淡薄，然后，眼看着它显露出了巨大的身姿。

　　我的心被一种奇异的心情所笼罩——在那空中是否存在着看不见的山峰？想到这儿，我的心中突然掠过一段往事，那是我在这个村里的某个漆黑之夜的经历。

　　那天夜晚，我没有拿灯笼，独自在伸手不见五指的街道上行走。途中只有一户人家，那户人家的灯光看上去宛若是映照在门缝中的户外的风景。就在这漆黑的夜晚，那户人家的灯光将其光亮投映在街道上。在这光亮中，突然出现了一个人影，恐怕是和我一样没有带灯笼的村里人。我并没有感到那个人影有多么怪异，却不由自主地一直注视着它，直至它消失在夜幕中。那个人影伴随着他背负的灯光渐渐消失、匿迹。这时，我只有视网膜的感觉和黑暗中的想象，最终就连那想象也中断了。这时我感到了对不知存在于"何处"的黑暗的微微战栗。我总想象着同那在黑暗中消失的人影一样，按绝望的顺序使自己消失，去感受一种无法用语言描述的恐怖和热情。

　　当这一段回忆在我心中掠过时，我突然醒悟了，在那云涌出后，随即又消失而去的空中所存在的既不是看不见的山峰，也不是奇异的山谷，而是充满了白日的黑暗。多么虚无，我的视力仿佛在瞬间衰退，我感到了巨大的不幸。

导读

　　梶井基次郎（1901—1932），日本近代作家，战后曾与中岛敦、太宰治被并称"三神器"，是少数生前无名、死后其价值却得到肯定的日本作家。梶井基次郎于三十岁生日后即因肺结核撒手尘寰。生前作品仅有二十余篇，且都是近似散文诗的小品文。代表作有《柠檬》。

　　《苍穹》一文行文优美流畅，凝结着一种挥之不去的淡淡忧郁。前半部分以明媚的光影烘托出一个温暖美丽的世界，然而后半部分突然画风一转，一丝诡异的、恐怖的念头又涌上心头，继而哀叹自己"巨大的不幸"，以象征的手法及病态的幻想构织出了病者忧郁的世界及理想。

 **月映万川**

月映万川阐释的是哲学上一般与个别的关系。事物之理是一般的、普遍的，千差万别的事物源于一"理"，犹如江河湖海之万月本于天上的一月；而一般的"理"又表现在千差万别的具体事物之中，这就好像天上只有一月，而映照在江河湖海之中则有万月。此单元所选的五篇文章讨论的即是个别事物、个别行为中所蕴含的万物之理。

隐身衣 ①

杨绛 著

我们夫妇有时候说废话玩。

"给你一件仙家法宝，你要什么？"

我们都要隐身衣；各披一件，同出遨游。我们只求摆脱羁束，到处阅历，并不想为非作歹。可是玩得高兴，不免放肆淘气，于是惊动了人，隐身不住，得赶紧逃跑。

"啊呀！还得有缩地法！"

"还要护身法！"

想得越周到，要求也越多，干脆连隐身衣也不要了。

其实，如果不想干人世间所不容许的事，无须仙家法宝，凡间也有隐身衣；只是世人非但不以为宝，还唯恐穿在身上，像湿布衫一样脱不下。因为这种隐身衣的料子是卑微。身份卑微，人家就视而不见，见而无睹。

---

① 选自《杨绛文集》，人民文学出版社，2004 年版。本文是作者的散文集《将饮茶》的后记，原题为《隐身衣（废话，代后记）》。

　　我记得我国笔记小说里讲一人梦魂回家，见到了思念的家人，家里人却看不见他。他开口说话，也没人听见。家人团坐吃饭，他欣然也想入座，却没有他的位子。身份卑微的人也仿佛这个未具人身的幽灵，会有同样的感受。人家眼里没有你，当然视而不见；心上不理会你，就会瞠目无睹。你的"自"，觉得受了轻忽或怠慢或侮辱，人家却未知有你；你虽然生存在人世间，却好像还未具人形，还未曾出生。这样活一辈子，不是虽生犹如未生吗？谁假如说，披了这种隐身衣如何受用，如何逍遥自在，听的人只会觉得这是发扬阿Q精神，或阐述"酸葡萄论"吧？

　　且看咱们的常言俗语，要做个"人上人"啊，"出类拔萃"啊，"出人头地"啊，"脱颖而出"啊，"出风头"或"拔尖""冒尖"啊，等等，可以想见一般人都不甘心受轻忽。他们或悒悒而怨，或愤愤而怒，只求有朝一日挣脱身上这件隐身衣，显身而露面。英美人把社会比作蛇阱。阱里压压挤挤的蛇，一条条都拼命钻出脑袋，探出身子，把别的蛇排挤开，压下去；一个个冒出又没入的蛇头，一条条拱起又压下的蛇身，扭结成团、难分难解的蛇尾，你上我下，你死我活，不断地挣扎斗争。钻不出头，一辈子埋没在下；钻出头，就好比大海里坐在浪尖儿上的跳珠飞沫，迎日月之光而生辉，可说是大丈夫得志了。人生短促，浪尖儿上的一刹那，也可作一生成就的标志，足以自豪。你是"窝囊废"吗？你就甘心郁郁久居人下？

但天生万物，有美有不美，有才有不才。万具枯骨，才造得一员名将；小兵小卒，岂能都成为有名的英雄？世上有坐轿的，有抬轿的；有坐席的主人和宾客，有端茶上菜的侍仆。席面上，有人坐首位，有人陪末座。厨房里，有掌勺的上灶，有烧火的灶下婢。天之生材也不齐，怎能一律均等？

人的志趣也各不相同。《儒林外史》二十六回里的王太太，津津乐道她在孙乡绅家"吃一、看二、眼观三"的席上，坐在首位，一边一个丫头为她掠开满脸黄豆大珍珠的拖挂，让她露出嘴来吃蜜饯茶。而《堂吉诃德》十一章里的桑丘，却不爱坐酒席，宁愿在自己的角落里，不装斯文，不讲礼数，吃些面包葱头。有人企求飞上高枝，有人宁愿"曳尾涂中"。人各有志，不能相强。

有人是别有怀抱，旁人强不过他。譬如他宁愿"曳尾涂中"，也只好由他。有人是有志不伸，自己强不过命运。譬如庸庸碌碌之辈，偏要做"人上人"，这可怎么办呢？常言道："烦恼皆因强出头。"猴子爬得愈高，尾部又秃又红的丑相就愈加显露；自己不知道身上只穿着"皇帝的新衣"，却忙不迭地挣脱"隐身衣"，出乖露丑。好些略具才能的人，一辈子挣扎着求在人上，虚耗了毕生精力，一事无成，真是何苦来呢。

我国古人说："彼人也，予亦人也。"西方人也有类似的话，这不过是勉人努力向上，勿自暴自弃。西班牙谚云："干什么事，成什么人。"人的尊卑，不靠地位，不由出身，只看你自己的成就。我们不妨再加上一句："是什么料，充什么用。"假如是一个萝卜，就力求做个水多肉脆的好萝卜；假如是棵白菜，就力求做一棵瓷瓷实实的包心好白菜。萝卜、白菜是家常食用的菜蔬，不求做庙堂上供设的珍果。我乡童谣有"三月三，荠菜开花赛牡丹"的话。荠菜花怎赛得牡丹花呢！我曾见草丛里一种细小的青花，常猜测那是否西方称为"勿忘我"的草花，因为它太渺小，人家不容易看见。不过我想，野草野菜开一朵小花报答阳光雨露之恩，并不求人"勿忘我"，所谓"草木有本心，何求美人折"。

我爱读东坡"万人如海一身藏"之句，也企慕庄子所谓"陆沉"。社会可以比作"蛇阱"，但"蛇阱"之上，天空还有飞鸟；"蛇阱"之旁，池沼里也有游鱼。古往今来，自有人避开"蛇阱"而"藏身"或"陆沉"。消失于众人之中，如水珠包孕于海水之内，如细小的野花隐藏在草丛里，不求"勿忘我"，不求"赛牡丹"，安闲舒适，得其所哉。一个人不想攀高就不怕下跌，也不用倾轧排挤，可以保其天真，成其自然，潜心一志完成自己能做的事。

而且在隐身衣的掩盖下，还会别有所得，不怕旁人争夺。苏东坡说"江上之清风，与山间之明月"是"造物者之无尽藏"，可以随意享用。但造物所藏之外，还有世人所创的东西呢。世态人情，比明月清风更饶有滋味，可作书读，可当戏看。书上的描摹，戏里的扮演，即使栩栩如生，究竟只是文艺作品；人情世态，都是天真自然的流露，往往超出情理之外，新奇得令人震惊，令人骇怪，给人以更深刻的效益，更奇妙的娱乐。唯有身份卑微的人，最有机缘看到世态人情的真相，而不是面对观众的艺术表演。

不过这一派胡言纯是废话罢了。急要挣脱隐身衣的人，听了未必入耳；那些不知世间也有隐身衣的人，知道了也还是不会开眼的。平心而论，隐身衣不管是仙家的还是凡间的，穿上都有不便——还不止小小的不便。

英国威尔斯（H.G.Wells）的科学幻想小说《隐形人》（*The Invisible Man*），写一个人使用科学方法，得以隐形。可是隐形之后，大吃苦头。例如天冷了不能穿衣服，穿了衣服只好躲在家里，出门只好光着身子，因为穿戴着衣服鞋帽手套而没有脸的人，跑上街去，不是兴妖作怪吗？他得把外露的面部封闭得严严密密：上部用帽檐遮盖，下部用围巾包裹，中部架上黑眼镜，鼻子和两颊包上纱布，贴满橡皮膏。要掩饰自己的无形，还需这样煞费苦心！

当然，这是死心眼儿的科学制造，比不上仙家的隐身衣。仙家的隐身衣随时可脱，而且能把凡人的衣服一并隐掉。不过，隐身衣下面的血肉之躯，终究是凡胎俗骨，耐不得严寒酷热，也经不起任何损伤。别说刀枪的袭击，或水烫火灼，就连砖头木块的磕碰，或笨重地踩上一脚，都受不了。如果没有及时逃避的法术，就需炼成金刚不坏之躯，才保得无事。

穿了凡间的隐身衣同样有不便之处。肉体包裹的心灵，也是经不起炎凉，受不得磕碰的。要练成刀枪不入、水火不伤的功夫，谈何容易！如果没有这份功夫，偏偏有缘看到世态人情的真相，就难保不气破了肺，刺伤了心，哪还有闲情逸致把它当好戏看呢？况且，不是演来娱乐观众的戏，不看也罢。假如法国小说家勒萨日笔下的瘸腿魔鬼请我夜游，揭起一个个屋顶让我观看屋里的情景，我一定辞谢不去。获得人间智慧必须身经目击吗？身经目击必定获得智慧吗？人生几何！凭一己的经历，沾沾自以为独具冷眼，阅尽人间，安知不招人暗笑？因为凡间的隐身衣不比仙家法宝，到处都有，披着这种隐身衣的人多得很呢，他们都是瞎了眼的吗？！

但无论如何，隐身衣总比国王的新衣好。

杨绛（1911—2016），原名杨季康，著名学者钱锺书先生的夫人。祖籍江苏无锡，作家、评论家、翻译家。她的主要作品有剧本《称心如意》《弄真成假》《风絮》，小说《倒影集》《洗澡》，散文集《干校六记》《我们仨》等，她还翻译过《堂吉诃德》《小癞子》《吉尔·布拉斯》等世界名著。

　　杨绛的散文有着吴派太极拳的风格，内力浑厚，一招一式皆缓极静极，专注于守，反弹力又极为惊人。她的文笔不加修饰，自然流畅，叙述平实，宁静致远，雍容高贵，有灼灼之华，无夭夭之态，婉而多讽，曲而有致，在现当代文坛独成一家。

　　《隐身衣》这篇文章从游戏中的隐身衣说起，以漫谈式的笔调讲了凡间的隐身衣即所谓的"卑微"——因为"身份卑微，人家就视而不见，见而不睹"。然而世间身份卑微之人对凡间隐身衣却是厌弃的，他们想方设法地摆脱它，要做"人上人"，为此而机关算尽，钩心斗角，殊不知"猴子爬得愈高，尾部又秃又红的丑相就愈加显露；自己不知道身上只穿着'皇帝的新衣'，却忙不迭地挣脱'隐身衣'，出乖露丑"。作者以幽默诙谐的语言对社会上一群不顾廉耻，一味谋求地位和权势的野心家给予了讽刺。作者还说了隐身衣的便与不便，读来颇有些趣味。

智慧之歌 ①

穆旦 著

我已走到了幻想底尽头，

这是一片落叶飘零的树林，

每一片叶子标记着一种欢喜，

现在都枯黄地堆积在内心。

有一种欢喜是青春的爱情，

那是遥远天边的灿烂的流星，

有的不知去向，永远消逝了，

有的落在脚前，冰冷而僵硬。

另一种欢喜是喧腾的友谊，

茂盛的花不知道还有秋季，

---

① 选自《穆旦诗全集》，中国文学出版社，1996 年版。

社会的格局代替了血的沸腾，
生活的冷风把热情铸为实际。

另一种欢喜是迷人的理想，
它使我在荆棘之途走得够远，
为理想而痛苦并不可怕，
可怕的是看它终于成笑谈。

只有痛苦还在，它是日常生活
每天在惩罚自己过去的傲慢，
那绚烂的天空都受到谴责，
还有什么彩色留在这片荒原？

但唯有一棵智慧之树不凋，
我知道它以我的苦汁为营养，
它的碧绿是对我无情的嘲弄，
我咒诅它每一片叶的滋长。

一九七六年三月

导读

    穆旦(1918—1977)，原名查良铮，曾用笔名梁真，祖籍浙江海宁，著名诗人、翻译家。他是"九叶诗派"的代表诗人，他的诗作将西欧现代主义和中国诗歌传统结合起来，富于象征寓意和心灵思辨，是中国新诗中的大师之作。穆旦译笔也有大师风范，他翻译的普希金的《欧根·奥涅金》《青铜骑士》，雪莱的《致云雀》，拜伦的《唐璜》，都是难得的上乘译作。

    《智慧之歌》是穆旦生命晚期诗歌火花的迸射，体现了诗人对人生哲理的思索、对灵魂的诗性拷问。诗中将生命浓缩为一棵树，人生的痛苦历程所沉淀、所过滤而成的智慧的结晶——对爱情、友谊、理想，对社会、现实、人生的反思之所得，将是后来者的思想之源。这智慧之树是诗人自我的象征，苦难重重，但枝繁叶茂，生命常青。这是何等达观！在这里，诗人传达的不是老年沧桑的情怀，而是历尽苦难后的超然与坚定。

    这首诗不是在自然而单纯的抒情里歌唱日常生活，而是将自己的生命融入其中，因而显得特别凝重而有冲击力。

渐①

丰子恺 著

使人生圆滑进行的微妙的要素，莫如＂渐＂；造物主骗人的手段，也莫如＂渐＂。在不知不觉之中，天真烂漫的孩子＂渐渐＂变成野心勃勃的青年；慷慨豪侠的青年＂渐渐＂变成冷酷的成人；血气旺盛的成人＂渐渐＂变成顽固的老头子。因为其变更是渐进的，一年一年地，一月一月地，一日一日地，一时一时地，一分一分地，一秒一秒地渐进，犹如从斜度极缓的长远的山坡上走下来，使人不察其递降的痕迹，不见其各阶段的境界，而似乎觉得常在同样的地位，恒久不变，又无时不有生的意趣与价值，于是人生就被确实肯定，而圆滑进行了。假使人生的进行不像山坡而像风琴的键板，由 do 忽然移到 re，即如昨夜的孩子今朝忽然变成青年；或者像旋律的＂接离进行＂，由 do 忽然跳到 mi，即如朝为青年而暮忽成老人，人一定要惊讶，感慨，悲伤，或痛感人生的无常，而不乐为人了。故可

---

① 选自《丰子恺代表作》，华夏出版社，1998 年版。

知人生是由〝渐〞维持的。这在女人恐怕尤为必要：歌剧中，舞台上的如花的少女，就是将来火炉旁边的老婆子这句话，骤听使人不能相信，少女也不肯承认，实则现在的老婆子都是由如花的少女〝渐渐〞变成的。

人之能堪受境遇的变衰，也全靠这〝渐〞的助力。巨富的纨绔子弟因屡次破产而〝渐渐〞荡尽其家产，变为贫者；贫者只得做佣工，佣工往往变为奴隶，奴隶容易变为无赖，无赖与乞丐相去甚近，乞丐不妨做偷儿……这样的例，在小说中，在实际上，均多得很。因为其变衰是延长为十年二十年而一步一步地〝渐渐〞地达到的，在本人不感到什么强烈的刺激。故虽到了饥寒病苦刑笞交迫的地步，仍是熙熙然贪恋着目前的生的欢喜。假如一位千金之子忽然变了乞丐或偷儿，这人一定愤不欲生了。

这真是大自然的神秘的原则,造物主的微妙的功夫！阴阳潜移、春秋代序,以及物类的衰荣生杀,无不暗合于这法则。由萌芽的春〝渐渐〞变成绿荫的夏；由凋零的秋〝渐渐〞变成枯寂的冬。我们虽已经历数十寒暑，但在围炉拥衾的冬夜仍是难以想象饮冰挥扇的夏日的心情;反之亦然。然而由冬一天一天地，一时一时地，一分一分地，一秒一秒地移向夏，由夏一天一天地，一时一时地，一分一分地，一秒一秒地移向冬，其间实在没有显著的痕迹可寻。昼夜也是如此：傍晚坐在窗下看书，page 上〝渐渐〞地黑起来，倘不断地看下去（目力能因了光的渐弱而渐渐加强），几乎永远可以认识 page 上的字迹，即不觉昼之已变为夜。黎明凭窗，不瞬目地注视东天，也不辨自夜向昼的推移的痕迹。儿女渐渐长大起来，在朝夕相见的父母全不觉得，难得见面的远亲就相见不相识了。往年除夕，我们曾在红蜡烛底下守候水仙花的开放，真是痴态！倘水仙花果真当面开放给我们看，便是大自然的原则的破坏，宇宙的根本的摇动，世界人类的末日临到了！

"渐"的作用，就是用每步相差极微极缓的方法来隐蔽时间的过去与事物的变迁的痕迹，使人误认其为恒久不变。这真是造物主骗人的一大诡计！这有一个比喻的故事：某农夫每天早晨抱了犊而跳过一沟，到田里去工作，夕暮又抱了它跳过沟回家。每日如此，未尝间断。过了一年，犊已渐大，渐重，差不多变成大牛，但农夫全不觉得，仍是抱了它跳沟。有一天他因事停止工作，次日再就不能抱了这牛而跳沟了。造物的骗人，使人流连于其每日每时的生的欢喜而不觉其变迁与辛苦，就是用这个方法的。人们每日在抱了日重一日的牛而跳沟，不准停止。自己误以为是不变的，其实每日在增加其苦劳！

我觉得时辰钟是人生的最好的象征了。时辰钟的针，平常一看总觉得是"不动"的，其实人造物中最常动的无过于时辰钟的针了。日常生活中的人生也如此，刻刻觉得我是我，似乎这"我"永远不变，实则与时辰钟的针一样地无常！一息尚存，总觉得我仍是我，我没有变，还是流连着我的生，可怜受尽"渐"的欺骗！

"渐"的本质是"时间"。时间我觉得比空间更为不可思议，犹之时间艺术的音乐比空间艺术的绘画更为神秘。因为空间姑且不追究它如何广大或无限，我们总可以把握其一端，认定其一点。时间则全然无从把握，不可挽留，只有过去与未来在渺茫之中不绝地相追逐而已。性质上既已渺茫不可思议，分量上在人生也似乎太多。因为一般人对于时间的悟性，似乎只够支配搭船乘车的短时间；对于百年的长期间的寿命，他们不能胜任，往往迷于局部而不能顾及全体。试看乘火车的旅客中，常有明达的人：有的宁牺牲暂时的安乐而让其座位于弱者，以求心的太平（或博暂时的美誉）；有的见众人争先下车，而退在后面，或高呼"勿要轧，总有得下去的""大家都要下去的"。然而在乘"社会"或"世界"的大火车的"人生"的长期的旅客中，就少有这样的明达之人。所以我觉得百年的寿命，定得太长。像现在的世界上的人，倘定他们只有搭船乘车的期间的寿命，也许在人类社会上可减少许多凶险残惨的争斗，而与火车中一样地谦让，和平，也未可知。

然人类中也有几个能胜任百年的或千古的寿命的人。那是"大人格""大人生"。他们能不为"渐"所迷，不为造物所欺，而收缩无限的时间并空间于方寸的心中。试听 Blake（布莱克，1757—

1827，英国诗人）的诗（周作人译）：

　　一粒沙里看出世界，一朵野花里见天国；

　　在你掌里盛住无限，一时间里便是永劫。

丰子恺（1898—1975），浙江桐乡石门镇人。现代漫画家、散文家、美术教育家和音乐教育家、翻译家，是一位在多方面卓有成就的文艺大师。师从弘一法师（李叔同），以融合中西画法的漫画创作以及散文创作而著名。代表作有散文《缘缘堂随笔》《缘缘堂再笔》《随笔二十篇》《甘美的回忆》《艺术趣味》《率真集》等。

　　《渐》由浅入深，通过对人的生命的历程中渐变规律的描述和分析，唤醒人们的时间意识，激励人们要把握好时间，把握好生命，做一个有"大人格""大人生"的人。文章一至三段，从人生变化到自然变化说明"渐"的力量。人生在"变"，这种变化是渐进的。之后以寓言和时钟的威力，说明"渐"以时间为本质，世间万物时刻在变化而我们却毫无察觉的真谛。最后说到有"大人格""大人生"的人不为"渐"所迷，有着超然旷达的胸怀。

蜘蛛的智慧 ①

［英国］奥利弗·哥尔德斯密斯 著　黄绍鑫 译

在我观察过的独居的昆虫中，蜘蛛最聪明。它们的动作，就是曾经专心研究过它们的我也似乎难以置信。这种昆虫的天生形体，是为了战斗，它们不仅和其他昆虫，而且和它们的同类相斗。大自然似乎就是为了这种生活景况而设计了它们的形体。②

它们的头和胸覆以天然的坚硬甲胄，这是其他昆虫无法刺破的。它们的身躯裹以柔韧的皮甲，可以抵挡黄蜂的螫刺。它们的腿部末端的强壮，与龙爪类似，并且脚爪之长简直像矛一般，足以对付远处的进攻者。③

蜘蛛的几只眼睛，宽大透明，遮以某些有刺物质，但这并不妨碍它的视线。这种良好的装备，不仅是为了观察，而且是为了防御敌人的袭击④；此外，它的嘴巴上还装备一把钳子——这是用以杀死在它脚爪下或网里的捕获物。

① 选自《外国文学名作导读本·散文卷1》，曹文轩主编，肖复兴点评，广西教育出版社，2001年版。
② 从蜘蛛的形体入笔。"为了战斗"，总让人感到一丝人世间的残酷和无奈。
③ 头、胸、身、腿、爪……——观察得细致入微。
④ 连眼睛都是为了战斗，真是武装到了牙齿！

凡此种种，都是装备在蜘蛛身上的战斗武器，而它编织的网更是它主要的武器①，因此，它总是要竭尽全力，把丝网织得尽善尽美。天然的生理机能还赋予这种动物一种胶质液体，使之能拉出粗细均匀的丝。

当蜘蛛开始织网时，为了固定一端，它首先对着墙壁吐出一滴液汁，慢慢硬化的丝线就牢固地粘在墙上了。然后，蜘蛛往回爬，这根线越拉越长，当它爬到线的另一端应该固定的地方，就会用爪把线聚拢来以使线绷紧，也像刚才一样固定在墙壁的另一端上。它就这样牵丝拉线，固定了几根相互平行的丝，这就准备好了意想中的网的经线。为了做成纬线，它又如法炮制出一根来，一端横粘在织成的第一根线（这是整个网圈最牢固的一根）上，另一端则固定在墙壁上。所有这些丝线都有黏性，只要一接触到什么东西就可以胶住。在这个网上容易被毁损的部分，我们的织网艺术家懂得织出双线以加固之，有时甚至织成六倍粗的丝线来加大网的强度。②

约莫四年前，我在屋子里的一个角落上，观察到一只大蜘蛛正在织它的网。虽然，那个仆人举起她致命的扫帚瞄准这只小动物要毁灭它的劳动成果，但很幸运，我立即制止了这一厄运的发生。

三天以后，这张网就完成了，我不禁想到这只昆虫在新居过活，一定欢乐无比。它在周围往返地横行着，仔细检查丝网每一部分的承受力，然后，才隐藏在它的洞里，不时地出来探视动静。不料想

---

① 网是蜘蛛独特的武器，看看作者是如何描写的。
② 织网这一段写得真不错，将蜘蛛说成"织网艺术家"，名副其实。

它碰到的第一个敌手，竟是另外一只更大的蜘蛛。①这个敌手没有自己的网，也可能已经耗尽了积蓄下来的汁液，因而现在不得不跑来侵犯它的邻居。

于是，一场可怕的遭遇战立刻由此展开。②在这场拼搏中，那个侵略者似乎因体大而占了上风，这只辛勤的蜘蛛被迫退避下去。我观察到那个胜利者利用一切战术，引诱它的对手从坚固的堡垒中爬出来。它伪装休战而去，不一会儿又转身回来，当它发现计穷智竭以后，便毫不怜惜地毁坏了这张新网。③这又引起另一次战斗，并且，同我的估计相反，这只辛勤的蜘蛛终于反败为胜成了征服者，杀死了它的对手。

在打败侵略者之后，它以极度的忍耐等了三天，又几度修补了蛛网破损的地方，却没有吃什么我能观察到的食物。但是，终于有一天，一只蓝色苍蝇飞落到它的陷阱里，挣扎着想飞走。蜘蛛使苍蝇尽可能把自己胶粘起来，可是蜘蛛最终怎能缚住这只强有力的苍蝇呢？我必须承认，当我看见那只蜘蛛立即冲出，不到一分钟，就织成了包围它的俘虏的罗网，我真有点诧异。一会儿工夫，蝇的双翅就停止了扇动，当苍蝇完全困乏时，蜘蛛就上前将它擒住，拉入洞中。④

根据这种情景，我发现，蜘蛛是在一种并不安全的状况中生活的，因而，大自然对这样的一种生活好像做了适当的安排，因为一只苍

---

① 这一段最为精彩。没想到蜘蛛的敌人也是蜘蛛！这和人类何其相似！
② 战斗开始了！这个天下从不太平！
③ 这种破坏，从来比建设更能带来疯狂的快感。
④ 蜘蛛的智慧，有时是建立在侵害其他昆虫之上。当然，可以辩解说是为了防御。

蝇就够维持它的生命达一周之久。有一次，我把一只黄蜂放进一张蛛网中，但当蜘蛛照常出门来捕食时，先是观察一下来的是个什么样的敌人，根据量力的原则，遇到制服不了的对手，它立刻主动上去解除紧紧束缚对手的丝线，以放走这样一个强大的敌手。[①] 当黄蜂得到自由后，我多么希望那个蜘蛛能抓紧修理一下网被破坏的部分，可是，它似乎认定网已无法修补了，便毅然抛弃了那张网，又着手去织一张新网。[②]

我很想看看一只蜘蛛单靠自己的储备能够完成多少张丝网。因此，我破坏了它织就的一张又一张的网[③]，那蜘蛛也织了一张又一张。它的整个储存消耗殆尽后，果然不能再织网了。它赖以维持生存的这种技艺（尽管它的生命已被耗尽）确实令人惊异无比。我看见蜘蛛把它的腿像球一样旋动，静静地躺上几小时，一直小心翼翼地注视着外界的动静。当一只苍蝇碰巧爬得够近时，它就忽然冲出洞穴，攫住它的俘获物。

但是，它不久就厌倦了这种生活，并决心去侵占别的蜘蛛的领地，因为它已不能再织造自己的罗网了。[④] 于是，它奋起向邻近蛛网发动进攻，最初一般都会受到有力的反击，但是，一次败绩，并不能挫其锐气，它继续向其他蛛网进攻，有时长达三天之久，最后，消灭了守卫者，它便取主人而代之。

有时，小苍蝇落入它的陷阱时，这只蜘蛛并不急于出击，它

① 打得赢就打，打不赢就放。
② 为了生存，蜘蛛也不容易。
③ 这是只有大人才有的举动，孩子们会去捅马蜂窝，但绝不会干这事。
④ 占有是一切生物的本性。

只是耐心等待着，直到它有把握捕捉对方时，它才动手。因为如果它立刻逼近苍蝇，将会引起这只苍蝇更大的惊惧，还可导致这个俘虏奋力逃走，所以，它学会了耐心等待，直到这个俘虏由于无效的挣扎而精疲力竭，就变成一个可以被玩弄于股掌间的战利品啦！①

我现在描述的这只蜘蛛已经活了三年，每年，它都要换皮甲，生长新腿。有时，我拔去了它的一只腿②，两三天内，它就会重新长出腿来。起先，它还惊惧于我挨近它的网，但是，后来，它变得和我如此亲密，甚至从我的手掌中抓去一只苍蝇。但当我触到它的丝网的任何部位时，它就会马上出洞，准备防卫和向我进攻。③

为了描绘得完善一点，我还要告诉诸位，雄蜘蛛比雌蜘蛛细小得多。当雌蜘蛛产卵时，它们就得把网在蛋下铺开一部分，仔细地把蛋卷起来，宛如我们用布卷起什么东西一样，然后，它们就可以在它们洞里孵育小蜘蛛了。遇到侵扰，它们在没有把一窝小蜘蛛安全转移到别的地方去以前，是绝不考虑自己逃遁的，正由于这样，它们往往会因父母之爱而死于非命。

这些小蜘蛛一旦离开父母为它们营造的隐蔽所后，就开始学习自己织网，几乎可以看到它们日长夜大。如果碰上好运气，长一天，就可捉到一只苍蝇来饱餐一顿。但是，它们也有一连三四天得不到半点食物的时候，碰上这样的情况，它们也能够继续长得又大

---

① 这种智慧亦可以被称为狡猾。
② 够残酷的，一会儿撕破人家的网，一会儿又拔去人家的腿。
③ 人和蜘蛛的相斗，责任在于人。

又快。

　　然而，当它们老了以后，形体就不会继续增大，只是腿长得更长一点。当一只蜘蛛随着年龄的增长而变得僵硬时，它就不可能捕捉到俘获物，然后就将死于饥饿。①

---

① 悲惨的结尾，让人很同情这小小的蜘蛛。

奥利弗·哥尔德斯密斯(约1730—1774),英国作家。著有散文《世界公民》,小说《威克菲尔德牧师传》,诗歌《旅行者》《荒村》《报复》等。最有代表性的两部剧作是《委曲求全》和《好脾气的人》。

《蜘蛛的智慧》描写了蜘蛛的战斗经历和蜘蛛在战斗中表现出来的智慧。蜘蛛的天生形体,造物主赋予它的头、胸、身、腿、爪,都是它的战斗武器。而它编织的网,更是它主要的武器。编织蜘蛛网是一项浩大的工程。它精心地编织出自己的罗网之后,还要随时防范同类的侵略,虽然它衰老之后,也会去夺占其他蜘蛛的网。守着精致的蛛网,蜘蛛捕捉苍蝇等飞虫作为食物。在捕食的过程中,蜘蛛表现出了极大的智慧。它会观察自己的敌人然后量力而行。误撞它罗网的对手,如果制服不了,它就会主动解除束缚对手的丝线。当小苍蝇落入它的陷阱,它也并不急于出击,而是耐心等待时机,等苍蝇精疲力竭之后再将其玩弄于股掌之间。

蜘蛛的一生都在战斗,与同类斗,与猎物斗,也与人类斗。除了描写蜘蛛的战斗生涯,作者也以科学研究的态度,一会儿撕破蜘蛛的网来看看它到底能吐多少蛛丝,一会儿拔掉蜘蛛的一条腿看看它能不能再长出一条来。作者还发现了蜘蛛身上的母性,这一点天底下的生灵是概莫能外的。

金腰蜂 ①

[法国] 法布尔 著　王大文 译

一、选择造屋的地点

喜欢在我们屋子边做窠的各种昆虫中，最能引起人兴趣的，首推一种金腰蜂，因为它有美丽的身材、奇特的态度，以及奇怪的窠巢。知道它的人很少，甚至它住在这家人的火炉旁边，而这家人还不知道它。这完全是因为它安静平和的天性。的确，它十分隐蔽，它的主人常常不知道它住在自己家里。讨厌、吵闹、麻烦的人，却非常容易出名。现在让我把这谦逊的小动物，从不知名中提拔出来吧！

金腰蜂是非常怕冷的动物。在扶助橄榄树生长，鼓励蝉歌唱的温暖阳光下，它搭起帐篷，甚至有时为了有个温暖的家，找到我们的住所里来。它平常的栖身之所，是农夫们幽静的茅舍，门外生有

---

① 选自《昆虫记》，天津社会科学院出版社，2002 年版。

无花果树，树荫盖着一口小井。它选择一个暴露在夏日的炎热之下的地点，并且如果可能，最好占有一只大壁炉，里面经常燃烧着柴枝。冬天晚上，温暖的火焰对于它的选择，很有影响，因为看到烟筒里出来的黑烟，它就知道那是个可取的地点。烟筒里没有黑烟的，它绝不信任，因为那屋子里的人一定在那里受冻。

七八月里的大暑天，这位客人忽然出现，找寻做窠的地点。它并不为屋子里的一切喧吵和行动所惊扰，人们一点注意不到它，它也不注意他们。它有时利用尖锐的眼光，有时利用灵敏的触须，视察乌黑的天花板、房椽、炉台子，特别是火炉的四周，甚至烟筒的内部都要视察到。视察完毕，决定地点后就飞去，不久它就带着少许泥土，开始建筑住屋的底层。

它所选择的地点，各不相同，常常是很奇怪的。炉的温度最适合小蜂，它最中意的位置是烟筒内部的两侧，高约二十寸或差不多的地方。不过这个舒服的藏身之所，也有相当大的缺点。烟会喷到窠上，把它们弄成棕色或黑色，像被熏过的砖石一样。假使火焰烧不到窠巢，还不是一件最危险的事。如果火焰烧到窠巢，小蜂就会被熏死在黏土罐里。不过母蜂好像知道这些事：它总是将它的家安置在烟筒的适当位置，那里很宽大，除了烟，别的是很难到达的。

但是，虽然它样样当心，还是有一件危险的事情。这件事有时会发生，就是当金腰蜂正在造屋时，忽然炉子烟筒里起来一阵蒸气或烟幕，使得它刚造成一半的屋子，不得不暂时甚至全天停工。特别是在这家主人煮水洗衣服的日子里更危险。从早到晚，大釜子里的水不停地滚沸。灶里的烟灰、大釜与木桶里的蒸气，混合成为浓厚的云雾。曾听说过，河鸟回巢的时候，要飞过磨机坝下的大瀑布。金腰蜂更勇敢了，牙齿间含了一块泥土，要穿过极浓的烟雾，可烟雾实在太厚了，它一钻进去就失去了踪影。一种不规则的鸣声在响着，那是它在工作时唱的歌，因此，可以断定它在里边。建筑工作在云雾里神秘地进行着。歌声停止，它又从云雾里飞回来，并没有受伤。一天要经历这种危险好多次，直到窠筑成功，食物储蓄好，大门关上为止。

屡次只有我一个人能看到金腰蜂在我的炉灶边，第一次看见它的时候，是在煮水洗衣服的一天。我本来是在爱维浓学校里教书的。时间快到两点钟，再过几分钟，就要响铃催我去给羊毛工人讲课了。忽然我看见一个奇怪而轻灵的昆虫，冲过从木桶里升起的蒸气飞出来。它身体的当中部分很瘦小，后部很肥大，在这两者之间，是由一根长线连接起来的。这就是金腰蜂，是我第一次用观察的眼光看到的。

我非常热心地想同我的客人相熟，所以恳切地嘱咐家人，在我不在家时，不要去打扰它。事情发展之良好，胜过我所希望的。当我回家的时候，它仍然在蒸气后面进行它的工作。因为要看看它的建筑、它食物的性质和幼小金腰蜂的发育情况等，所以我把火熄灭了，借以减少烟量。差不多有两小时，我很仔细地注视它。

以后，差不多四十年来，我的屋里再未有这种客人光临过。关于它的进一步知识，我是从邻居们的炉灶旁边得来的。

金腰蜂好像有一种孤僻流浪的习性。和一般的蜂不同，它常在一个地点筑起单独的窠，很少把它的家庭建立在它以前生活的地方。在我们南方的城市中，时常可以看到它，但是大体上说，它宁愿住在农民烟灰满布的屋子里，也不喜欢住在城镇居民的雪白的别墅里。在我所看到的任何地方，都没有我们村上的金腰蜂多，村里那些倾斜的茅屋，已经被日光晒成黄色。

事实十分明显，金腰蜂拣选烟筒做窠，并不是图自己的安适：因为在这种地点做窠，不但特别费力，而且非常危险。它完全是为了自己家庭的安适。因为它的家庭与其他蜂的不同，必须有较高的温度。

我曾在一家丝厂的机器房里见过一个金腰蜂的窠，正造在大锅炉上面的天花板上。这个地点，除掉晚上和放假的日子，寒暑表通年显示的是一百二十华氏度。

在乡下的蒸酒房里，我也见过许多它们的窠，便利的地方都被占满了，甚至账簿堆上都有。这里的温度，与丝厂的相差不远，大约是一百一十三华氏度。这表明，金腰蜂很高兴接受能使油棕树生长的热度。

锅和炉灶，当然是它最理想的家，但是它也很情愿住在任何严紧而温暖的角落里，如养花房、厨房的天花板、关闭的窗牖之凹处、茅舍中卧室的墙上等处。至于它建造窠巢的基础，它是不关心的。平常它的多孔的窠，都是造在石壁或木头上，但是有时我也看到它在葫芦的内部、皮帽子里、砖的孔穴中、装麦的袋子上，及铅管里面。

有一次，我在爱维浓附近一个农民家里所看到的事情更稀奇。在一个有着极宽大的炉灶的大房间里，一排锅子里煮着农民们吃的汤与牲畜吃的食物。农民们从田里回来，肚子很饿，一声不响，很快地吃着，为了享受半小时左右的舒适，他们摘了帽子，脱去上衣，挂在木钉上。吃饭的时间虽然很短促，但是对金腰蜂占有他们的衣物来说，却很富余。草帽里边被它们占为建筑的适当地点，上衣的褶缝被当作最佳的住所，并且建筑工作即刻开始。一个农民从吃饭桌子旁站起来，抖抖衣服，另一个拿起帽子，抖掉金腰蜂的窠巢，这时候，它的窠已有橡树果子那样大了。

农民家里烹调食物的妇女，对于金腰蜂毫无好感。她说，它们常常弄脏了东西。弄在天花板、墙壁及炉台上的泥污，还可去掉；但弄在衣类和窗幔上就不好办了，她每天必须用竹子敲窗幔。赶走它们很不容易，并且第二天早晨它们又开始很快地来做窠了。

二、它的建筑物

我同情那位妇女，很能理解她的烦恼，但令我抱憾的是我不能替代她的地位。假使我能任金腰蜂很安静地住着，我会何等开心呢！就是把家具上弄满了泥土，也是不妨事的！我更渴望知道那种窠的命运，倘做在不稳固的东西上，如衣服或窗幔，它们将怎样！金腰蜂的窠是用泥做成的，而且是单用泥土做成，没有水泥或其他坚固的基础，围绕在树枝的四周，便很坚固地粘在上面。

建筑的材料，没有别的，只是从湿地取来的潮湿的泥土。河边的黏土最合用，但在我们多沙石的村庄里，河道非常之少。然而，我自己的园中种蔬菜的区域，掘有小沟，有时候，有一湾水整天流着，于是在无事时，我就可以观察这些建筑家了。

邻近的金腰蜂很快注意到这可喜的事情，匆忙地跑来取水边这一层宝贵的泥土，不肯轻轻放过这干燥季节稀少的发现。它们用下颚刮取光滑的地面上的泥土，腿直立起来，翼在振动，把黑色的身体抬得很高。主妇们在泥土边做工，把裙子小心地提起，以免弄污，但很少能不沾上污秽。而这些搬取泥土的金腰蜂，身上竟连一点泥迹都没有。它们有自己的好方法将裙提起，那就是说，它们除了足尖及用以工作的下颚外，全身都是避开泥土的。

这样，泥球就做成功了，差不多有豌豆大小。金腰蜂用牙齿把它衔住，飞回去，在它的建筑物上加一层，接着又飞回来做第二个。在一天天气最炎热的时候，只要泥土还是潮湿的，这样的工作就持续不已。

但是顶好的地点，还是村中人们常在那里饮骡子的那口古泉。那里时时刻刻都有潮湿的黑烂泥，最热的太阳、最强的风都不能使它干燥。这种泥泞的地方，对走路的人来说很不方便，然而金腰蜂喜欢来这里，在骡子的蹄旁做小泥丸。

金腰蜂和黄蜂不一样。黄蜂不把泥土先做成胶泥，就直接拿去应用，所以它的窠造得很不结实，完全不能抵挡天气的变化。一点水滴上去，蜂窠就会变软，又变成了原来的泥土，一阵雨就会将它打成泥浆。这种蜂窠只是干了的烂泥，一旦被水浸湿，即刻又变为烂泥了。

事实很显明，金腰蜂选择做窠地点时不单要考虑怕冷的小蜂，窠很容易被雨水打得粉碎，所以必须尽可能筑在避雨的处所。这就是它喜欢在人类的屋子里，特别是在温暖的烟筒里造窠的缘故了。

在最后的粉饰——用以遮盖起它建筑物的各层——没有完工以前，它的窠确实有它一定的美点。它由一丛小窠组成，有时并列成一排，形状有点像口琴，不过以互相堆叠成层的居多。有时有十五个小窠穴，有时十个，有时减少至三四个，甚至仅有一个。

窠穴的形状和圆筒差不多，口稍大，底稍小，长一寸多，阔半寸。

它的很精致的表面是仔细地粉饰过的，有一列线状的凸起，在上面横护着，像金钱带上的线。每一条线，就是建筑物的一层。窠穴造好，就用泥土盖好，一层又一层，露出来成为线的形状。数一数有多少线，就可知道金腰蜂在建筑时，来回旅行了几次。它们通常是十五至二十层；每建一层，这位劳苦的建筑家，搬取材料大概需二十次的往返。窠穴的口当然是朝上的。假使罐子的口朝下，就不能盛东西了。金腰蜂的窠穴，并不是别的，不过是一个罐子，预备储存食物：一堆小蜘蛛。

这些窠穴造好后，被塞满蜘蛛，金腰蜂生下卵后就把它们封起来。它们始终保持美观的外表，直到金腰蜂认为窠穴的数量已经够了的时候为止。于是金腰蜂将全体的窠穴四周，又堆上一层泥土，使它们坚固，用以保护。这一回的工作，做得既无计算，且不精巧，也不像从前做窠穴那样，加以相当仔细的修饰。泥带来多少，就堆上多少，只要堆积上去就可以了。泥土取来便放上去，仅仅不经心地敲几下，使它铺开。这一层的包裹物，将建筑的美丽统统掩盖了。到了这种最后的形状，蜂窠就像是你无意中掷在墙壁上的一堆泥。

三、它的食物

现在我们已知道窠穴的情形是怎样的了，我们还必须知道它里面藏的是什么东西。

幼小的金腰蜂是以蜘蛛为食的。甚至在同一窠巢中，食品的形状也各个不同，因为各种蜘蛛都可充当食品，只要不太大，能装进窠里去就可以。背上有白点的十字蜘蛛，是最常见的美食。这个理由我想很简单，因为金腰蜂不必离家太远去游猎，并且这种蜘蛛是最易寻到的。

生有毒爪的蜘蛛，是不易捉到的危险的野味。假使蜘蛛的身体很大，那么金腰蜂就须具有比它更大的勇气和更高超的技艺，才能够征服它。并且窠穴太小，也盛不下这样大的东西。所以，金腰蜂就猎取较小的蜘蛛为食，它如果遇见一群长得肥胖的蜘蛛，总是拣其中最小的一个。虽然都是较小的，但这些俘虏的身材还是差别甚大，因此大小的不同，就影响到数目的不同。在这个窠穴里盛有一打蜘蛛，而另一个窠穴，只藏五个或六个。

它专拣小蜘蛛的第二个理由是，在未将小蜘蛛装入窠穴之前，先要将小蜘蛛杀死。它突然落在蜘蛛的身上，差不多连翅也不停，就将蜘蛛带走。旁的昆虫用的麻醉方法，它完全不知道。因此这个食物一经储存下来，不久就要变坏的。幸而蜘蛛很小，一顿就可吃完。如果是大的，只能东咬一口，西咬一口，那就一定要腐烂，毒害它窠巢里的幼虫了。

我常常看到，它把卵生在自己储藏的第一个蜘蛛身上。金腰蜂先把一个蜘蛛放在最下层，将卵产在它上面，然后再将别的蜘蛛堆在顶上。用这个聪明的法子，幼虫只能先吃比较陈旧的死蜘蛛，然后再吃比较新鲜的。这样，它的食物就不至于因存放过久而变坏了。

卵总是产在蜘蛛身上的固定的部位——靠近头的一端，放在最肥的地方。这对于幼虫很好，因为一经孵化，它就可以吃最柔软最可口的食物。然而这个有经济头脑的动物，一口食物也不浪费掉。到吃完的时候，一堆蜘蛛一点也不剩。这种大嚼的生活要经过八天到十天。

于是幼虫就开始做它的茧，这是一种纯洁的白丝袋，异常精致。为了使这个袋更加坚实，可以做保护之用，还需要些别的东西，所以幼虫又从身体内分泌出一种漆一般的流质。流质浸入丝的网眼，渐渐变硬，成为很光亮的漆。此时，又在茧的下面，加上一个硬的填充物，一切都安排得十分妥当。

最后成功的茧呈琥珀黄色，使人想起洋葱头的外皮。它和洋葱头有同样精致的组织、同样的颜色、同样的透明度，而且也和洋葱头一样，用指头摸一摸，会发出沙沙之声。随天气的变化，或早或晚，完全的昆虫就在这里面孵化出来。

金腰蜂在窠穴中将东西储藏好后，如果我们同它开个玩笑，就显出它的本能是如何机械了。穴做好后，它带来第一个蜘蛛，把蜘蛛收藏起来，立时又在蜘蛛身体最肥的部分产下一个卵。于是飞去做第二次旅行。趁它离开的时候，我用镊子从窠穴里将死蜘蛛与卵拿走。

我们当然想到，如果它稍有一些智慧，它一定会发觉卵失踪了。卵虽然小，然而它是放在大的蜘蛛体上的。那么，当发现窠穴是空的，它将怎样呢？它是否会很聪明地再生一个卵以补偿所失呢？事实全不是如此，它的举动非常不合理。

现在它所做的，是又带来一只蜘蛛，泰然地将蜘蛛放到窠穴里，好像并没有发生什么意外。以后又一只一只地带来。它飞去时，我都将它们拿出，因此它每一回游猎回来，储藏室总是空的。它固执地忙了两天，要装满这装不满的瓶，我也同样不屈不挠地守了两天，每次将蜘蛛拿出。到第二十次的收获物送来时，这猎人认为这罐子已经装够了——也许因这许多次的旅行疲倦了——于是很当心地将窠穴封起来，然而里面完全是空的！

任何情形之下，昆虫的智慧都限于这一点。无论哪一种临时发生的困难，昆虫都是无力解决的；无论哪一种类的昆虫，同样不能对抗。我可以举出一大堆的例子，证明昆虫完全没有理解的能力，虽然它们的工作做得异常完美。经过长期的观察，我断定它们的劳动，既不是自主的，也不是有意识的。它们在建筑、纺织、打猎、杀害以及麻醉捕获物时，都和消化食物或分泌毒汁时一样，对方法和目的完全不自知。所以我相信它们对于自己特殊的才能，完全莫名其妙。

它们的本能是不能变更的。经验不能教它们，时间也不能使它们的无意识有一丝觉醒。如只有单纯的本能，它们便没有能力去应付环境。然而环境是常常变迁的，意外的事也时常发生。正因为如此，昆虫需要一种能力，来教导它，使它知道什么应该接受，什么应该拒绝。它需要某种指导，这种指导它当然是有的。不过"智慧"这个名词似乎太精细了一点，我预备称它为"辨别力"。

昆虫能意识到自己的行动吗？能，也不能。假使它的行动是由于本能，就是不能；假使它的行动是辨别力的结果，就是能。比方金腰蜂用已经软化的泥土建造窠穴，这就是本能，它始终是如此建造的。时间和生活的奋斗，都不能使它用细沙、水泥去建造它的窠。

它的这个泥巢需要筑在一种隐蔽的地方，才好抵抗风吹雨打。最初，大概石头下面可藏匿的地方它就满意了。但是如有更好的地方，它又去占据下来，它就这样搬到人家的屋子里。这就是辨别力。

它用蜘蛛作为子女的食物，这是本能。没有方法能使它知道小蟋蟀也是一样好。不过，假使十字蜘蛛缺少了，它也不肯叫它的子女挨饿，就捉别种蜘蛛给它们吃，这就是辨别力。

在这种辨别力的性质之下，潜伏着昆虫将来进步的可能性。

让－亨利·法布尔（1823—1915），法国著名昆虫学家、文学家。法布尔是第一位在自然环境中研究昆虫的科学家，他穷毕生之力深入昆虫世界，在自然环境中对昆虫进行观察与实验，真实地记录下昆虫的本能与习性，著成了《昆虫记》这部昆虫学巨著。《金腰蜂》即选自《昆虫记》。

《金腰蜂》分为"选择造屋的地点""它的建筑物"和"它的食物"三个部分，从不同侧面研究了金腰蜂的生活习性。在第一节里，作者发现金腰蜂喜欢在温度较高的角落里造屋，包括蒸气和烟雾不断的烟囱里面、缫丝厂的机器房大锅炉的上方、乡下的蒸酒房里……锅和炉灶，是金腰蜂最理想的家，但其他严紧而温暖的角落里，也处处有金腰蜂的巢穴。第二节作者给我们详细地描绘了金腰蜂建造巢穴的过程和蜂巢的特点。金腰蜂建筑自己的巢穴时非常敬业而细致，它取来湿泥，一点点地堆积，一次次地往返，先做成漂亮的内核，储存了食物并产下卵后再用湿泥加固。而加固后的蜂巢终于失去了美丽的外观，就像无意中掷在墙上的一堆泥。接着在第三节，作者探究了金腰蜂的食物和捕食的方式。金腰蜂以小蜘蛛为食。它们捉来第一只小蜘蛛之后，就在其上产卵，再用更多的小蜘蛛填满自己的巢穴。作者分析了金腰蜂这样做的原因。最后，有点调皮的作者跟金腰蜂开了一个小小的玩笑——他把金腰蜂巢穴里的蜘蛛一次次地掏出来，而金腰蜂对此浑然不觉，往返了几次之后照常将空空如也的巢穴封固了起来。于是作者得出结论说昆虫的智慧都限于这一点。它们的行动出于本能，但它们有辨别力，正是这种辨别力使得昆虫有进步的可能性。

　　法布尔的文字自然亲切，其作品全然不像一般的学术著作。他似乎把自己的研究对象当成了真正的朋友，用温和的目光关注着它们的繁衍生息，而这样的研究想必充满着惊喜。

 **光芒涌入**

哲学是人类最高深的学问，它直接与世界的本质，与人类存在的本质状态相连，哲学的进步往往能带动社会其他领域的突破。如果说人类的历史是在漫长的历史隧道中穿行，那么哲学是烛照我们道路的灯盏；如果说岁月是河，不断淘尽琐碎和平庸，那么哲学就是最终被淘出的珍珠，永不失色。中国古典哲学博大精深，本单元所选篇目，以现代人的眼光，从不同角度对此进行了阐释，有助于我们理解哲学，理解中国，理解东方。

虹[1]

端木蕻良 著

我们家乡，把雨后出现在天空上的半圆的七彩的光环，叫作"杠"。写出来时，也写作"虹"，但发音仍作"杠"。

母亲告诉我不要指它，谁指它谁就会烂掉手指头。我和妹妹雨后玩水时，看到彩虹出现了，仰着脸儿看它，还是禁不住要用手来指它。这时，记起妈妈告诉我的话，再来看自己的手指，也并没有烂，我和妹妹吐吐舌头，笑着又玩水去了。以后，再遇到虹出现在天空时，也仍然笑着指点着，惊喜地看着天空出现的奇丽景色。有时，甚至在梦中也会见到呢！妈妈也告诉过我，梦是没有颜色的，梦见什么都是黑白的，但虹进入到我的小小的梦境中时，我认出它仍然是多色的。

后来，到南方，才把虹念成"红"。再大些，读到《诗经》，才知道，在几千年前，就说虹是不可以指的了。我问过很多人，为

---

① 选自《中国科学小品选（1976—1984）》，天津科学技术出版社，1985 年版。

什么虹不可以指呢？听到的回答却是含混其词。只有我母亲说得比较明白，她告诉我：虹就是龙在吸水。人们一指它，惊动它，它就不吸水了。它吸不足水，下次的雨就下不成了。

当我再明白些事体时，我才知道是太阳光照在雨点上面，起了折光作用，才出现这种奇观的。

在化学实验室里，用三棱镜来把太阳光分成七色，并且，记熟了光谱七姊妹的名字，我才真正地知道虹到底是怎么一回事了。

后来，稍稍懂得一些音韵学了，便知道虹，既音虹也音绛（jiàng），既通"东"韵，也近"江"韵。我就想，虹的名儿，很可能是从颜色得来的，因为有人突出它的红色，所以叫它"虹"，有人突出它的绛色，所以叫它"杠"，实际上都是一个意思。我看贾宝玉就明白这个意思，他把自己的斋（zhāi）名，题为绛云轩（xuān），而不题作红云轩，而自己又住在怡红院里面，不就很明显了吗？

人的认识，总是会走许多弯路的，就像阳光照在雨点上一样，光直着洒下来，是美的，但在曲折时，又会变换成另外一种奇观。在几千年前，阳光透过冰凌的棱时，就会现出七彩的光影来。但很少人注意到这些。

只有在三棱玻璃出现以后，人们才真正认识到虹到底是怎么形成的。妈妈再告诉她们的孩子时，就会说得一清二楚了。当然，对于龙吸水的那种想象，也就随着时间而消逝了。但这没有什么可惜的，

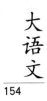

因为分光镜不但给人们显示了七种颜色，而且，它把另外一扇窗子打开了。白色的光，原来是七色，而最强的光倒是紫的，不是白的。

可是黑的，是不是光呢？这倒是自然界向人类做出的新的挑战。不，早就有了的事。不过，因为近些年来，人们发现了宇宙的黑洞，才把这个问题提出来。

这种黑洞，是物质稀薄的地方，还是密集的地方？是运动最强烈的地方，还是迟缓的地方？……

人的目光是有限的，现在做成的最大倍数的望远镜和显微镜，从宇宙的角度来说，也是微小可怜的。

我们发明了红外线照相机，使我们能拍摄到黑夜里人物的行动和情景。比如，不久前在电视上看到国外用红外线拍摄下来的纪录片，就拍摄了人们在黑夜里的活动场景，而当事者还看不清楚呢。在照相机上装上红外线装置，那么，闪光灯很快就将成为过时的了。

当前，我们透过红外线，看到了另外一个世界，这个世界以前蝙蝠能看到，而人看不到。当前，我们知道真空里面也有一个不静止的世界，进一步证明真正的真空是不存在的。

假设，有一天我们制订出红外线的新光谱、紫外线的新光谱，那就会给我们的视觉带来一次真正的变革，那时，我们便可以看到微观世界里的彩虹以及宏观世界里的彩虹了……

端木蕻良（1912—1996），原名曹京平，辽宁昌图人，现代作家。主要作品有短篇小说集《憎恨》《风陵渡》，中篇小说集《江南风景》，长篇小说《科尔沁旗草原》等。

　　《虹》是一篇科学小品。在作者端木蕻良的故乡，流传着关于虹的种种迷信观念：比如说不能用手指虹，指它手指头就会烂掉；比如说虹就是龙在吸水，准备下次的降雨。作者后来才知道，虹是太阳光照在雨点上面，产生光的折射才出现的。而音韵学上的知识，又解释了虹在作者的家乡念作"杠"的缘由。作者于是感叹：人的认识，总是会走许多弯路的。只有在三棱镜出现后，人们才真正认识到虹是怎么形成的。而解释了这个问题，更多的问题又会层出不穷。比如，黑色是不是光的一种呢？又比如，黑洞到底是一种什么东西呢？当我们研究出红外线的新光谱、紫外线的新光谱，我们的视觉是不是就会发生一次真正的变革呢？

谈多元宇宙 [1]

朱光潜 著

朋友：

你看到"多元宇宙"这个名词，也许联想到詹姆斯的哲学名著。但是你不用害怕我谈玄，你知道我是一个不懂得哲学而且厌听哲学的人。今天也只是吃家常便饭似的，随便谈谈，与詹姆斯毫无关系。

年假中朋友们来闲谈，"言不及义"的时候，动辄牵涉到恋爱问题。各人见解不同，而我所援以辩护恋爱的便是我所谓的"多元宇宙"。

什么叫作"多元宇宙"呢？

人生是多方面的，每方面如果发展到极点，都自有其特殊宇宙和特殊价值标准。我们不能以甲宇宙中的标准，测量乙宇宙中的价值。如果勉强以甲宇宙中的标准，测量乙宇宙中的价值，则乙宇宙便失其独立性，而只在乙宇宙中可尽量发展的那一部分性格便不免退处于无形。

---

[1] 选自《谈美书简二种》，上海文艺出版社，1999年版。

各人资禀经验不同，而所见到的宇宙，其种类多寡，量积大小，也不一致。一般人所以为最切己而最推重的是"道德的宇宙"。"道德的宇宙"是与社会俱生的。如果世间只有我，"道德的宇宙"便不能成立。比方没有父母，便无孝慈可言，没有亲友，便无信义可言。人与人相接触以后，然后道德的需要便因之而起。人是社会的动物，而同时又秉有反社会的天性。想调剂社会的需要与利己的欲望，人与人之间的关系不能不有法律道德为之维护。因有法律存在，我不能以利己欲望妨害他人，他人也不能以利己欲望妨害我，于是彼此乃宴然相安。因有道德存在，我尽心竭力以使他人享受幸福，他人也尽心竭力以使我享受幸福，于是彼此乃欢然同乐，社会中种种成文的礼法和默认的信条都是根据这个基本原理。服从这种礼法和信条便是善，破坏这种礼法和信条便是恶，善恶便是"道德的宇宙"中的价值标准。

我们既为社会中人，享受社会所赋予的权利，便不能不对于社会负有相当义务，不能不趋善避恶，以求达到"道德的宇宙"的价值标准的最高点。在"道德的宇宙"中，如果能登峰造极，也自能实现伟大的自我。所以孔子、苏格拉底和耶稣诸人的风范能照耀千古。

但是"道德的宇宙"决不是人生唯一的宇宙，而善恶也决不能算是一切价值的标准，这是我们中国人往往忽略的道理。

比方在"科学的宇宙"中，善恶便不是合适的价值标准。"科学的宇宙"中的适当价值标准只是真伪。科学家只问：我的定律是否合于事实？这个结论是否没有讹错？他们决问不到："物体向地心下坠"合乎道德吗？"勾方加股方等于弦方"有些不仁不义罢？固然"科学的宇宙"也有时和"道德的宇宙"相抵触，但是科学家只当心真理而不顾社会信条。伽利略宣传哥白尼的"地动说"，达尔文主张生物是进化而不是神造的，就教会眼光看，他们都是不道德的，因为他们直接地辩驳《圣经》，间接地摇动宗教和它的道德信条。可是伽利略和达尔文是"科学的宇宙"中的人物，从"道德的宇宙"所发出来的命令，他们则不敢奉命唯谨。科学家的这种独立自由的态度到现代更渐趋明显。比方伦理学从前是指导行为的规范科学，而近来却都逐渐向纯粹科学的路上走，它们的问题也逐渐由"应该或不应该如此"变为"实在是如此或不如此"了。

其次，"美术的宇宙"也是自由独立的：美术的价值标准既不是是非，也不是善恶，只是美丑。从希腊以来，学者对于美术有三种不同的见解。一派以为美术含有道德的教训，可以陶冶性情。一派以为美术的最大功用只在供人享乐。第三派则折中两说，以为美术既是教人道德的，又是供人享乐的，好比药丸加上糖衣，吃下去又甜又受用。这三种学说在近代都已被人推翻了。现代美术家只是"为美术而言美术"（art for art's sake）。意大利美学泰斗克罗齐说美和善是绝对不能混为一谈的。因为道德行为都是起于意志，而美术品只是直觉得来的意象，无关意志，所以无关道德。这并非说美术是不道德的，美术既非"道德的"，也非"不道德的"，它只是"超道德的"。说一个幻想是道德的，或者说一幅画是不道德的，无异于说一个方形是道德的，或者说一个三角形是不道德的，同为毫无意义。美术家最大的使命是创造一种意境，而意境必须超脱现实。我们可以说，在美术方面，不能"脱实"便是不能"脱俗"。因此，从"道德的宇宙"中的标准看，曹操、阮大铖、李波·李披（Lippo Lippi）和拜伦一般人都不是圣贤，而从"美术的宇宙"中的标准看，这些人都不失其为大诗家或大画家。

再其次，我以为恋爱也是自成一个宇宙。在"恋爱的宇宙"里，我们只能问某人之爱某人是否真纯，不能问某人之爱某人是否应该，其实就是只"应该不应该"的问题，恋爱也是不能打消的。从生物学观点看，生殖对于种族为重大的利益，而对于个体则为重大的牺牲。带有重大的牺牲，不能不兼有重大的引诱，所以性欲本能在诸本能中最为强烈。我们可以说，人应该生存，应该绵延种族，所以应该恋爱。但是这番话仍然是站在"道德的宇宙"中说的，在"恋爱的宇宙"中，恋爱不是这样机械的东西，它是至上的，神圣的，含有无穷奥秘的。在恋爱的状态中，两人脉搏的一起一落，两人心灵的一往一复，都恰能忻合无间。在这种境界中，如果身家、财产、学业、名誉、道德等等观念渗入一分，则恋爱真纯的程度便须减少一分。

真能恋爱的人只是为恋爱而恋爱，恋爱以外，不复另有宇宙。

"恋爱的宇宙"和"道德的宇宙"虽不必定要不能相容，但在实际上往往互相冲突。恋爱和道德相冲突时，我们既不能两全，应该牺牲恋爱呢，还是牺牲道德呢？道德家说，道德至上，应牺牲恋爱。爱伦·凯一般人说，恋爱至上，应牺牲道德，就我看，这所谓"道德至上"与"恋爱至上"都未免笼统。我们应该加上形容句子说，在"道德的宇宙"中道德至上，在"恋爱的宇宙"中恋爱至上。所以遇着恋爱和道德相冲突时，社会本其"道德的宇宙"的标准，对于恋爱者大肆攻击诋毁，是分所应有的事，因为不如此则社会赖以维持的道德难免隳丧；而恋爱者整个的酣醉于"恋爱的宇宙"中毅然不顾一切，也是分所应有的事，因为不如此则恋爱不真纯。

"恋爱的宇宙"中，往往也可以表现出最伟大的人格。我时常想，能够恨人到极点的人和能够爱人到极点的人都不是庸人。日本民族是一个有生气的民族，因他们中间有人能够以嫌怨杀人，有人能够为恋爱自杀。我们中国人讲"中庸"，恋爱也只能达到温汤热。所以为恋爱而受社会攻击的人，立刻就登报自辩。这不能不算是根性浅薄的表征。

朋友，我每次写信给你都写到第六张信笺为止。今天已写完第六张信笺了，可是如果就在此搁笔，恐怕不免叫人误解，让我在收尾时郑重声明一句罢。恋爱是至上的，是神圣的，所以也是最难遭遇的。"道德的宇宙"里真正的圣贤少，"科学的宇宙"里绝对真理不易得，"美术的宇宙"里完美的作家寥寥，"恋爱的宇宙"里真正的恋爱人更是凤毛麟角。恋爱是人格的交感共鸣，所以恋爱真纯的程度以人格高下为准。一般人误解恋爱，动于一时飘忽的性欲冲动而发生婚姻关系，境过则情迁，色衰则爱弛，这虽是冒名恋爱，实则只是纵欲。我为真正恋爱辩护，我却不愿为纵欲辩护；我愿青年应该懂得恋爱神圣，我却不愿青年血气未定的时候，去盲目地假恋爱之名寻求泄欲。

意长纸短，你大概已经懂得我的主张了罢？

你的朋友　孟实

朱光潜（1897—1986），美学家、文艺理论家、翻译家，我国现代美学的开拓者和奠基者之一。主要著作有《文艺心理学》《悲剧心理学》《西方美学史》《给青年的十二封信》《谈修养》《谈美》《诗论》《谈文学》等。

  《谈多元宇宙》选自朱光潜留英期间所著的《给青年的十二封信》。这十二封信以青年为对象，论述青少年们应关心、应了解的事物，举凡为人处世、读书求学，甚至道理分析，皆并列于这十二封信中，侃侃而谈，言论平实真切。在这篇《谈多元宇宙》中，朱光潜先后论述了"道德的宇宙""科学的宇宙""美术的宇宙"和"恋爱的宇宙"。朱光潜提出："人生是多方面的，每方面如果发展到极点，都自有其特殊宇宙和特殊价值标准。我们不能以甲宇宙中的标准，测量乙宇宙中的价值。"朱光潜先生写此封信的目的，在于为恋爱做辩护。他认为，在恋爱的宇宙中，可以表现出最伟大的人格。

  除了朱光潜先生提及的四种宇宙之外，更有无限多、无限广的其他宇宙等着人们去发掘、去比较、去体会。其实，每个人都是一个独立的宇宙，要如何做才能使自己身处的宇宙不被破坏和毁灭、又能为更多人所接受，并使整个世界得以和平存在呢？试着接受，并加入这世界上的"多元宇宙"吧！

无我与不朽 ①

钱穆 著

　　古今中外，讨论人生问题，似乎有两个大理论是多少相同的。一是无我，一是不朽。初看若相冲突，既要无我，如何又说不朽？但细辨实相一致，正因为无我，所以才不朽。

　　人人觉得有个我，其实我在哪里，谁也说不出。正因为在不知何年代以前的人，他们为说话之方便或需要，发明运用了这一个"我"字。以后的人将名作实，便认为天地间确有这一个我。正如说天下雨，其实何尝真有一个天在那里做下雨的工作呢？法国哲人笛卡尔曾说："我思故我在。"其实说我在思想，岂不犹如说天在下雨？我只能知道我的思想，但我的思想不是我，正犹如我的身体不是我。若说我的身体是我，那我的一爪一发是不是我呢？若一爪一发不是我，一念一想如何又是我呢？当知我们日常所接触、觉知者，只是些"我的"，而不是"我"。

---

① 选自《湖上闲思录》，生活·读书·新知三联书店，2000 年版。

如何叫"我的"呢？若仔细推求，一切"我的"也非"我的"。先就物质生活论，说这件衣服是我的，试问此语如何讲？一件衣服的最主要成分是质料和式样。但此衣服的质料，并非我所发明，也非我所制造，远在我缝制此衣服以前，那衣服的质料早已存在，由不少厂家，大量纺织，大批推销，行遍世界。那件衣服的质料，试问于我何关呢？若论式样，也非由我创出，这是社会一时风行，我亦照此缝制。那件衣服的质料和式样，都不由我，试问说这件衣服是我的，这"我的"二字所指系何？原来只是这件衣服，由我穿着，归我使用，那件衣服的所有权暂属于我，因而说是我的。岂不是这样吗？试跑进皮鞋铺，那玻璃柜里罗列着各种各样的皮鞋，质料的制成，花式的规划，都和我不相干。待我付出相当价格，把一双皮鞋套上脚，便算是我的了。其实少了一个我，那些纺织厂里的衣料，皮鞋作坊里的皮鞋，一样风行，一样推销，一切超我而存在，于我又何关呢？同样理由，烹饪的质和味，建筑的料和样，行路的工具与设备，凡属物质生活方面的一切，都先我而存在，超然独立于我之外，并不与我同归消灭。你却说是"我的"，如何真算是"我的"呢？外面早有这一套，把你装进去，你却说这是"我的"，认真说，你才是它的。

其次说到集团社群生活，如我的家庭，我的学校，我的乡里，我的国家，说来都是我的，其实也都不是我的。单就家庭论，以前是大家庭制，现下是小家庭制。以前有一夫多妻，现在是一夫一妻。

以前是父母之命媒妁之言，现在是自由恋爱。以前的父母、兄弟、婆媳、妯娌之间的种种关系，现下都变了，试问是由于我的意见而变的吗？还不是先有了那样的家庭才把我装进去的，正犹先有了那双皮鞋再让我穿上脚一般，并非由我来创造那样的家庭，这又如何说是我的呢？我的家庭还不是和你的家庭一般，正犹如我的皮鞋也和你的皮鞋一般，反正都在皮鞋铺里买来，并不由你我自己做主。家庭组织乃至学校、国家一切组织，也何尝由我做主，由我设计的呢？它们还是先我而存在，超然独立于我之外，并不与我同尽，外面早有了这一套，无端把我填进去。所以说我是被穿上这双皮鞋的，我是被生在这个家庭的，同样，我是它的，它不是我的。

再说到内心精神生活，像我的爱好、我的信仰、我的思想等。我喜欢音乐戏剧，我喜欢听梅兰芳的唱，其实这又何尝是我的爱好呢？先有了梅兰芳的唱之一种爱好，而把我装进去，梅兰芳的唱，也还如皮鞋铺里的一双鞋，并不由我的爱好而有，也并不会缺了我的爱好而便没有。我爱好杜工部诗，我信仰耶稣教，都是一般。世上先有了对杜工部诗的爱好，先有了对耶稣教的信仰，而我被加进了。岂止耶稣教不能说是我的信仰，而且也不好便说这是耶稣的信仰。若你仔细分析耶稣的信仰，其实在耶稣之前已有了，在耶稣之后也仍有，耶稣也不能说那些只是我的信仰。任何一个人的思想，严格讲来，不能说是"他的"思想，哪里有一个人会独自有他的"我的思想"的呢？因此严格地说，天地间绝没有真正的"我的思想"，因此也就没有"我的"，也便没有"我"。

有人说，人生如演剧，这话也有几分真理。剧本是现成的，你只袍笏登场，只扮演那剧中一个角色。扮演角色的人换了，那剧本还是照常上演。当我生来此世，一切穿的、吃的、住的、行的，家庭、国家、社会、艺术爱好、宗教信仰、哲理思维，如一本剧本般，先存在了，我只挑了生旦丑净中一个角色参加表演，待我退场了，换上另一个角色，那剧本依然在表演。凡你当场所表演的，你哪能认真说是我呢？你当场的一切言语动作，歌哭悲惧，哪能认真说是我的呢？所以演剧的人生观，比较接近于无我的人生观。

但如何又说不朽呢？这一切已在上面说过，凡属超我而存在，外于我而独立，不与我而俱尽的，那都是不朽。所以你若参加穿皮鞋，并没有参加不朽的人生，只有参加做皮鞋的比较是不朽的。

参加住屋，不如参加造屋。参加听戏，不如参加演戏，更不如参加编剧与作曲。人生和演剧毕竟不同，因人生同时是剧员，而同时又是编剧者、作曲人。一方无我，一方却是不朽。一般人都相信，人死了，灵魂还存在，这是不朽。中国古人却说立德、立功、立言为三不朽，凡属德功言，都成为社群之共同的，超小我而独立存在，有其客观的发展。我们也可说，这正是死者的灵魂，在这上面依附存在而表现了。

导读

　　钱穆（1895—1990），中国现代历史学家，江苏无锡人。代表作有《先秦诸子系年》《中国近三百年学术史》《国史大纲》《中国文化史导论》《文化学大义》《中国历代政治得失》《中国历史精神》《中国思想史》等。

　　《无我与不朽》是钱穆的一篇哲理散文，探讨的是人生问题中两大理论"无我"与"不朽"的关系。作者先提出自己的观点：正因为无我，所以才不朽。再一点点地论证这一断言。天地之间并不真正存在一个"我"，"我"是一种后天的规定。所谓"我的身体""我的思想"，都并不是我，而只是"我的"。而就算是"我的"，其存在也是可疑的。某种器物若先于我而存在，它的出现若与我无关，又何以能说是"我的"？我只不过拥有了它的使用权。如一双鞋、一件衣，外面早有这一套，然后把你装进去。所以，你是它的才对。与此同理，所谓家庭、学校、乡里、国家这些集团社群其实也不是我的。它们还是先我而存在，超然独立于我之外，并不与我同尽。外面早有了这一套，无端把我填进去。所以说我是被穿上这双皮鞋的，我是被生在这个家庭的，同样，我是它的，它不是我的。更进一步，比如内心精神生活，像我的爱好、我的信仰、我的思想等，其实也不能冠之以"我的",因为这爱好、信仰、思想并不依赖于我而存在。因此严格地说,天地间绝没有真正的"我的思想",因此也就没有"我的",也便没有"我"。人生如演剧,种种物质的、社会的、精神的因素,都如剧本为你备好了,你只需选择一个角色粉墨登场即可。这便是"无我"。但又何以不朽呢?钱穆认为,凡属超我而存在,外于我而独立,不与我而俱尽的,都是不朽。中国古人却说立德、立功、立言为三不朽,凡属德功言,都成为社群之共同的,超小我而独立存在,有其客观的发展。成就了这番事业,创造了不与我偕亡的价值,人生也便不朽了。

钱穆用深入浅出、简单清晰的文字,把哲理说得透辟而浅显。散文的结构是层层推进,由物质而社会,由社会而精神,论证"无我"之实质,再借演戏与写戏之喻转入"不朽"之论,显得有条不紊。

长生塔①

巴金 著

"从前有一个皇帝……"

父亲总是这样开始讲故事。

"皇帝，你总是说皇帝，皇帝究竟是什么样的东西？"

有时候我忍不住要这样问他，因为我从没有见过这样的东西。

"皇帝……就是那个整天坐在宫殿里戴皇冠的怪物！"

父亲费力想了一会儿，才这样回答我，于是他继续讲起故事来。

这时候我们的船停在岸边的一棵树下。父亲坐在船头安闲地抽烟；我躺在船上，眼睛望着放射霞光的西边天空。一些远山若隐若现地挂在天边，仿佛是几片出色的云彩。几只渔船正张着帆回来，从这里看去，像几只小船的模型摆在水上一样。浪轻轻地敲着岸，发出单调的声音。

"从前有一个皇帝，他是个很能干的人，他的大臣都佩服他，

①选自《中外童话万有文选》（下篇），曹文轩主编，漓江出版社，1994 年版。

他统治着很大的地方……"

"那么皇帝都是很能干的吗？"

我打岔地问他。因为故事里的皇帝总是很能干、很了不起的人物。

"蠢孩子！那不过是故事罢了。"父亲答道，又继续说下去。

"'伟大的皇上啊！万能的皇上啊！'臣子们这样欢呼。这些欢呼声传进皇帝的宫殿里。皇帝高兴地摸着他的胡子微笑了。

"'皇上万岁，万岁，万万岁！'许多崇拜皇帝的臣子常常跪在皇宫外面谄谀地欢呼。他们的忠心更使皇帝高兴。皇帝把他们全封了官。他们感激地谢了恩，快活地回到家里，以后更忠心地到皇帝那里去欢呼。皇帝很喜欢他们。

"这样，这个国家里官就突然多起来了，真是多了许多。皇帝也很高兴，因为官多就表示忠心的臣子多，也就表示这个国家更太平了。这许多忠心的臣子整天包围着皇帝，忠心地侍奉皇帝。"

这时候霞光已经消失，天空成了一片淡灰色。天边还有一点亮。景色渐渐模糊。波浪声比先前响一点，拴在树干上的船微微摆动。我掉头去看父亲的脸，在父亲的脸上我看不出什么表情，一层淡淡的夜色罩住他的脸。烟头快燃完了，他把它丢进水里去。他的声音也是很平淡的：这个故事好像跟他没有一点关系。因此我对于这个故事的真实性也怀疑起来了。倘使父亲不继续说下去，我就会忘掉那一切的人物。什么皇帝，什么官，什么臣子，都会消失。

"这位伟大的皇帝住在宫殿里,过着最好的生活,什么也不缺少。各地方的好东西都运到宫里来,各地方的漂亮女人都给他选作妃子。为了修造更多、更好的皇宫和花园,全国最出色的木匠都被召来了。一般人认为最困难的、最不可能的事情,都在皇帝的命令下做出来了,而且常常是用全国的力量做出来的。总之,皇帝从没有什么不如意的事情。他每天从这个妃子的房间走到那个妃子的花园;听了这个大臣的欢呼,又去听那个大臣的恭维。也没有战争,因为皇帝的威武已经使邻国降服了。将军常常在宫殿里陪皇帝下棋、听戏。宫里每天都有最好的戏班表演最精彩的戏。总之,宫殿是那样富丽堂皇,宫里的生活是那样快乐。皇帝和他的几百个妃子,和他的许多大臣、将军很快活地生活着。"

父亲的声音有点忧郁了。我不知道这是什么缘故。他的眼睛抬得高高的,仿佛在看远处,但天边除了最后的一线亮光外,什么也没有。

"是的,在宫殿里是快活的,温暖的,幸福的。但是在远远的地方,譬如在山中,在海边,在皇帝看不见、走不到的地方,就有许多寒冷的小屋,那里面住着无数的'贱民'。他们给皇帝做种种劳苦的事情。他们从前给皇帝打过仗,给皇帝运过木料石头,给皇帝修造过宫殿花园,给皇帝供给了种种衣食上需要的东西。但是他们没有得到酬报,只好疲倦地回到小屋里,过他们的寒冷、饥饿的生活。"

　　"那么他们为什么不跪到宫殿前面去欢呼'皇上万岁'呢？"我觉得奇怪，问起来。

　　父亲微微一笑。他伸手抚摩我的头，说："聪明的孩子，他们倒没有这个念头。不过即使有，也是做不到的。他们没有时间。他们整天忙着做种种劳苦的事情。每天晚上他们疲倦地回到家里就只知道寒冷和饥饿。"

　　父亲忽然换了坚决的语调说下去："我们放过这些不幸的'贱民'。现在还是讲那位伟大的皇帝罢。皇帝是快活的，伟大的，万能的。他满足地过他的日子。他想象不到人世间还会有什么不幸的事情。在幸福里日子是过得很快的，就像我们面前的流水一样。

　　"一件先前谁也不曾想到的事情悄悄地来了。老和病这两样东西，虽是贵为皇帝，也免不掉。金钱，权力，幸福，在这方面也没有多大的用处。皇帝的身体一天天地衰弱起来。虽然有几个很出色的御医给他诊断，虽然他服了种种名贵的补药，虽然有许多忠心的臣子每天在为他的健康祷告，但这一切都不能够阻止那个自然的生理现象。他的头发渐渐地脱光了，牙齿在摇动，眼睛昏花了。体力也有些不济事，常常无缘无故地感到疲倦。皇帝为这些现象着急。从衰老他便想到死，他渐渐明白了便是做一个伟大的皇帝也免不掉要死的事情。他脸上开始现出来忧愁的颜色。他感到不满足，感到不安了，更使他着急的是他没有一个可以继承他的皇位的太子。皇帝的焦虑一天天地增加，妃子的安慰、劝解，大臣的谄谀、祷告，都不能够叫他安心，他整天让死的秘密纠缠着。死的秘密把他的一切快乐全夺去了！

"怎样才能够长生不死啊！皇帝常常在心里想。为了这个，他便派人到各地方去求长生的仙药，因为他那些出色的御医在这件事情上已经用尽他们的力量了。他的专使也曾到过山里，到过海边，到过那些'贱民'居住的地方。

"'贱民'们听说是皇上的专使来了，又知道是来求长生药的，他们大大地吃惊。他们就对专使们说：'你们跑了这么远的路来找长生药？我们这里却只有速死的方子！怎么皇上想长生？我们却只愿意能够早一天死掉就好了！'

"专使听见这样的话，也大为吃惊。他们把那些只愿意速死的'贱民'当作魔鬼一般，连忙逃开了那些污秽可怕的地方，他们临走的时候耳边还留着怨愤和悲哭的声音。

"那些专使离开了山和海，走遍了这个国家，问遍了这个国家里有名望的人，却始终找不到长生的仙药。有几个年高有德的人说，这样的仙药从前的确是有过的，而且就藏在那座二十七层的长生宝塔里，可是如今失传了。连宝塔在什么地方也没有人知道。便是他们自己也只是听见祖父们说起过长生塔倒塌的事。

"专使们只得空着两手回去了。从各地方回来的专使都是同样地找不到一点东西。这事情起初使皇帝忧愁，后来他就发怒了。在他所统治的这么大的国家里居然没有长生仙药，这简直叫人不能够相信！一定是那些专使不尽力，不忠心，或者他们根本就没有去求过仙药——不仅皇帝这样想，大臣们也是这样说。于是皇帝下了惩办的命令，把专使们杀的杀，囚的囚，放逐的放逐。过后又派遣了第二批专使；这一批专使都是从忠心的臣子里面挑选出来的，而且出发的时候还得到了皇帝的丰厚的赏赐。

"这一批专使也走遍了前一批专使所走过的地方，也得到了同样的结果。然而他们究竟是聪明的人，他们知道不带一点东西回去是不行的。于是每个人都找到了一些奇怪的药草，他们就说这是长生的仙药，带回去献给皇帝。

"皇帝望着面前那许多仙药，心里快活极了，为了这件事情宫殿里举行了盛大的庆祝会，专使们也得到更多的赏赐，并且还升了官。"

"这究竟是不是长生的仙药呢？"我感兴趣地大声问道，我的眼前仿佛就放着那许多奇形怪状的药草。

父亲歇了歇，慢慢地燃起第二支烟，火光一亮，他的多皱纹的脸在黑暗里现了一下，那张生满胡须的嘴慢慢地抽着烟。我望着他那张嘴，很想马上就知道那张嘴里包含的全部秘密。

但是父亲微微一笑，回答说："孩子，不要打岔，你听我说下去。长生的仙药在人世间是不会有的。总之，皇帝把那许多古怪的药草都依次吃下去了。然而结果呢，他的身体不但不曾强健起来，反而一天一天地更衰弱了，连记忆力也渐渐地消失了。

"看见所谓长生的仙药没有一点效果，而且皇帝的身体只是不停地衰弱下去，那些大臣、将军也开始恐慌起来：一则因为皇帝心里不快活，许多事情都难办；二则想到失去这样一个伟大的皇帝以后，他们就不知道怎样来处理他们生活中的危险。至于那些因献仙药而升官的大臣的恐慌更不用说了。然而他们除了祷告、欢呼、说谄谀的话以外，对于皇帝的健康就再没有一点办法。他们常常暗地里思索、讨论，一位贤明的老臣想出了一个理由，他说长生药之所以不灵，一定是因为那些住在山中和海边的'贱民'从中作祟，他们一定在暗中用邪术诅咒皇帝。

"'啊，不错！他们果然说过对皇帝大不敬的话！一定是他们诅咒皇帝，我就听见过他们的怨言！' 一个做过求药专使的大臣附和道。

"'一定是这样。"贱民"从来没有得过皇帝的好处，所以恨皇帝。'大臣们齐声附和着，就上朝去把这个意思告诉了皇帝。

"皇帝素来就不喜欢'贱民'，因为大臣们常常对他讲那班人的坏话，而且皇帝自己偶尔也看见过那种衣衫破烂、面带愁容的人，他尤其不高兴的是：他们不懂礼貌，不对他跪拜、欢呼万岁。皇帝听见大臣的话，自己一想果然不错，也不再考虑，就下了一道惩罚'贱民'的命令。于是哭声就更响亮地充斥在山中和海边了。笞刑，饥饿，放逐，这就是对于不幸的'贱民'的惩罚。他们里面年轻美丽的女人也给送到大臣家中做婢妾去了。

"可是皇帝的病体依旧毫无起色，皇帝的脾气越发坏了，常常无缘无故地把妃子和大臣、将军们责骂，为了一点小事情也会把一位臣子重重地惩罚。这时候不仅他自己很焦急，妃子和大臣、将军们也很担心。后来还是那位贤明的老臣想出一个办法——把那座传说中倒塌了的长生宝塔重建起来，让皇帝住在里面修道。在这里面皇帝不仅可以避免人间的一切诅咒，还可以接触天空神圣的灵气。这座塔里面的一切陈设应该全是最圣洁、最精妙、最庄严的，而且全是年代久远的供神的东西。长生塔里面唯一的修行的人一定可以长生。

"'好，马上就给我修罢。'皇帝高兴地叫起来。

"'但是这样的塔恐怕要花十年以上的工夫才修得好。'一个大臣冒昧地说。

"'十年？你想我还能够等十年吗？你这混蛋！'皇帝的脸色马上阴沉起来，他发了脾气，就顺手把桌子上的东西丢在地上打碎了。

"大臣、将军们胆怯地彼此望着，不敢再说一句话。

"'我想三年总够了。'最后还是那位贤明的老臣说。

"'我说非给我在一年里修好不可。要知道：无论花多大的代价我都不顾惜！但是一定要在一年里修好。'皇帝坚决地说完，就转身走了。他到他最心爱的妃子的花园里去，告诉她这个好消息。

"皇帝的话是法律，不服从他的话便是犯罪。谁也不敢迟疑。大臣、将军们便聚在一块儿来商量修建长生塔的事情，大家都埋怨那位贤明的老臣，怪他不应该凭空编出长生塔的故事。

"老臣这个时候已经好好地考虑过了。他带着微笑不慌不忙地回答道：'这有什么值得发急！你们各位忘了我们国家里还有那么多的'贱民'，反正皇帝说过不惜任何代价。'

"'好罢，就这样做！'大臣们彼此会心地一笑。

"就从这天起征发的命令下来了，成千成百的'贱民'络绎不绝地像囚犯一般从山里、从海边给押到京城里来。建塔的工作就这样开始了。

"饥饿同疲劳折磨着每个人，这个工作不是人力所能够胜任的。所以在最初几天里便逃掉了几十个'贱民'。但是这样一来使得留下的同伴们的待遇变得更坏了。每个'贱民'都给加上脚镣，还有凶恶的守兵拿着皮鞭在旁边监督。

"这个时候是冬天，落着雪，路上结了冰。每个'贱民'的手冻坏了，又给石块磨出血来，脚也是这样。雪地上到处都是血迹，血和雪混在一起。在这种困难的情形下，塔慢慢地修建起来。第一层的每块基石上都染着'贱民'的血。

"工作是一刻也不能够停止的。夜里也不停。修塔的'贱民'

有的冻死了，有的饿死了，有的累死了，然而又来了更多的新人。他们抬石头，拿斧子，捏凿刀，爬到梯子上的时候，大家都唱着歌。可是歌声里没有快乐，只有哭泣，只有怨愤，只有诅咒。

　"皇帝的宫殿就在对面，这种歌声也传进皇帝的耳朵里了。他叫了大臣、将军们来问：'这是什么声音？'

　"'那些修塔的"贱民"在唱歌。'大臣、将军们惶恐地回答。

　"'哦！'皇帝板着脸，略略点头，不再说什么了。

　"从这个时候起，不论日夜，皇帝的耳朵里都响着这样的歌声。晚上他睡在他心爱的妃子的床上，也会给歌声吵醒，歌声扰乱了他的脑筋，几乎使思索也成为不可能的事情了。起初他还只是讨厌，后来就害怕起来。这是诅咒，是怨愤，是哀泣，他渐渐地明白了。

　"一天午后皇帝躺在床上，突然唤了大臣、将军们来，又问道：'这是什么声音？'

　"'修塔的"贱民"在唱歌，大臣、将军们依旧惶恐地回答。

　"'他们为什么就不愿意我长生呢？'他自语似的说着，接着又愤怒地叫出两个'杀'字，就闭上了眼睛养神。

　"大臣、将军们不明白他的意思，但又不敢拿话去打扰他。他们只知道皇帝的话是法律。他们走出了宫殿，马上就在修塔的'贱民'中间选出一批年老体弱的来，不由分说地杀掉了。

　"但是'贱民'的歌声并没有停止，他们似乎不唱歌就抬不动石头，拿不起斧子。过一些时候皇帝又在床上叫出了＇杀＇字。

"这样地杀了五六回，塔还没有修好，皇帝的身体就坏到几乎连起床也不能够了。

"＇长生塔要到什么时候才能够修好啊？＇皇帝时时刻刻在床上念着。这个时候春天早已过去，夏天也已过去，秋天刚刚来到，塔也还只造到了第二十二层。

"有一天那位贤明的老臣看见皇帝的身体实在不行了，便跟别的大臣、将军们商量道：＇就造到这里为止罢，不然恐怕这座塔会成为没有用的东西了。＇大家赞成他的主张。于是他们进宫去报告：十天以后皇上就可以登长生塔了。

"这十天里面大臣们努力布置一切，他们很早就派遣了专差到各处的大庙里去搜罗供神的宝物，甚至花了高价渡海到东方的国家里去寻求，这个时候天天都有专差从各处回来，而且没有一个人不是满载宝物回来的。

"十天以后二十二层塔全布置好了，可是皇帝已经整整有三天不能起床了。他听说要登长生塔，居然用了最后的努力挣扎着走下床来。他由妃子、大臣、将军们扶着勉强走进了那座堂皇伟大的宝塔。

"＇真是一座伟大的神圣的宝塔啊！＇不仅是皇帝，连每个妃子、每个大臣、每个将军都禁不住这样地赞叹了。塔里的陈设一层胜过一层，一层比一层精妙，庄严。

　　"'我的性命有救了！'那个病弱得快要死去的皇帝看见这个可以比得上西方极乐世界的景象，也高兴地发出了欢呼。他由许多人扶持着，极其勉强地终于登上了最后的一层。

　　"孩子，我应该用怎样的话来形容第二十二层塔里的陈设呢？据说是任何凡人的脑筋里想象不出来的精妙，庄严，那一层塔是人间建筑中最高的东西了。站在那上面就好像进了另一个新奇的、圣洁的世界，一伸手就可以叩天堂的门似的。

　　"这个时候是早晨，天空是那样清明，阳光是那样灿烂，空气是那样新鲜。宫殿在对面，从塔里看下去简直成了玩具一般渺小的东西了。在塔的周围像蚂蚁一般的那无数忠心的臣子不住地深深跪拜，高声欢呼：'皇上万岁！'

　　"'我的性命有救了！'暖和的新鲜空气像爱抚一样地触到皇帝瘦脸的时候，他不禁欣慰地又一次欢呼起来，同时'万岁'的呼声接连不断地送到他的耳朵里。

　　"'每个人都升官！'皇帝快活地掉过头对贤明的老臣说。每个人的脸上都现出喜色，每个人都跪下去谢恩。消息传到了下面，又响起一阵更大的欢呼声。

　　"皇帝高兴，妃子们高兴，大臣、将军们高兴，所有的臣子都高兴。只有山中、海边那些'贱民'仍旧在哭，在诅咒。可是他们的声音传不到这里来。

"一个可怕的大的崩裂的声音突然响起来。刹那间，那座精妙、庄严的二十二层的宝塔就开始散开。这事情来得太突然，使得每个人都没法防备。皇帝刚刚发出他最后的一声惊叫，就跟着第二十二层塔的石头从高空落在地面上了。

"那个时候的骚乱的情形是不必说的。每个人只顾逃命，也没有人再去管那位伟大的皇帝。总之，不多大一会儿工夫，那座精妙、庄严的长生宝塔就只剩下无数的碎石头了。每一块石头上还留着修建宝塔的'贱民'的血迹，在秋天早晨的阳光下面灿灿地发亮。

"长生塔的故事就这样地完结了。"

父亲把第二个烟头丢在水里，疲倦地长叹一口气。

"父亲，那样伟大的宝塔怎么就会马上倒塌呢？这好像是不可能的事情！"我对父亲这个似乎还没有讲完的故事感到不满足，又问了一句。

"孩子，沙上建筑的楼台从来是立不稳的，"父亲回答道，"这不过是故事。我们上岸去罢，你应当回家去睡觉了。回家去好好地睡觉，不要想什么皇帝，什么长生塔，免得今晚上会做噩梦。"

父亲说着就站起来。我们跟平时一样，父亲拉着我的手上了岸，依着北斗星给我们指的方向慢慢地走回家去。

1934 年

巴金（1904—2005），四川成都人，原名李尧棠，字芾甘，我国现代杰出的文学巨匠。鲁迅曾说："巴金是一个有热情的有进步思想的作家，在屈指可数的好作家之列的作家。"巴金对中国现代文学有多方面的贡献，在小说方面的成就最为卓越，长篇小说《家》《春》《秋》《雾》《雨》《电》都是家喻户晓的著名作品。他的散文也别具特色，不仅数量多，形式多样，题材丰富，而且以抒情的色彩和质朴的笔调形成了独有的风格。

　　《长生塔》通过一个有关长生塔的童话向我们传达了一个深刻的道理，那就是世界上没有长生不老的法宝，建立在人民的血汗和诅咒基础上的长生塔必将成为埋葬自己的坟墓。作为一个领导者，必须如孟子所说的"保民而王"，只有这样才会受到人民的爱戴，受到人民的祝福。此外，故事也告诉我们做事必须从实际出发，不能将虚幻的东西当作追求的目标，否则势必如文中皇帝的长生塔那样最终颓塌。

与文字共舞

人类发明文字，是为了记录，又在使用文字的过程中形成了文学，文学是"美"的载体，因此，文学的发展史也可以看作是一部"美"的发展史。作为读者，发现文学之美、享受文学之美，是一件令人愉快的事情。本单元所选的文章，分别来自四位名家，他们从不同的角度论述了对于文学之美的理解，虽然大多是文学理论，却没有理论常有的枯燥艰涩，相反，这些文章自身所具有的优雅纯正的气质，更加深了我们对美的认识。

通感（节选）[1]

钱锺书 著

中国诗文有一种描写手法，古代批评家和修辞学家似乎都没有理解或认识。

宋祁《玉楼春》有句名句："红杏枝头春意闹。"李渔《笠翁余集》卷八《窥词管见》第七则别抒己见，加以嘲笑："此语殊难著解。争斗有声之谓'闹'；桃李'争春'则有之，红杏'闹春'，余实未之见也。'闹'字可用，则'炒'[同'吵']字、'斗'字、'打'字皆可用矣！"同时人方中通《续陪》卷四《与张维四》那封信全是驳斥李渔的，虽然没有提名道姓；引了"红杏'闹春'，余实未之见也"等话，接着说："试举'寺多红叶烧人眼，地足青苔染马蹄'之句，谓'烧'字粗俗，红叶非火，不能烧人，可也。然而句中有眼，非一'烧'字，不能形容其红之多，犹之非一'闹'字，不能形容其杏之红耳。诗词中有理外之理，岂同时文之理、讲书之理乎？"

---

①选自《七缀集》，生活·读书·新知三联书店，2002年版。

也没有把那个"理外之理"讲明白。苏轼少作《夜行观星》有一句："小星闹若沸。"纪昀《评点苏诗》卷二在句傍抹一道墨杠子，加批："似流星！"这表示他并未懂那句的意义，误以为它就像司空图所写："亦犹小星将坠，则芒焰骤作，且有声曳其后。"（《司空表圣文集》卷四《绝麟集述》）宋人常把"闹"字来形容无"声"的景色，不必少见多怪。附带一提，方氏引句出于王建《江陵即事》。

晏几道《临江仙》："风吹梅蕊闹，雨细杏花香。"毛滂《浣溪沙》："水北烟寒雪似梅，水南梅闹雪千堆。"马子严《阮郎归》："番腾妆束闹苏堤，留春春怎知！"黄庭坚《次韵公秉、子由十六夜忆清虚》："车驰马骤灯方闹，地静人闲月自妍。"又《奉和王世弼寄上七兄先生》："寒窗穿碧流，润础闹苍藓。"陈与义《简斋诗集》卷二二《[舟抵华容县]夜赋》："三更萤火闹，万里天河横。"陆游《剑南诗稿》卷一六《江头十日雨》："村墟樱笋闹，节物团粽近。"卷一七《初夏闲君即事》："轻风忽近杨花闹，清露初晞药草香。"卷七五《开岁屡作雨不成，正月二十六日夜乃得雨，明日行家圃有赋》："百草吹香蝴蝶闹，一溪涨绿鹭鸶闲。"范成大《石湖诗集》卷二〇《立秋后二日泛舟越来溪》之一："行入闹荷无水面，红莲沉醉白莲酣。"陈耆卿《筼窗集》卷一〇《与二三友游天庆观》："月翻杨柳尽头影，风擢芙蓉闹处香。"又《挽陈知县》："日边消息花急闹，露下光阴柳变疏。"赵孟坚《彝斋文编》卷二《康[节之]

不领此 [墨梅] 诗,有许梅谷者仍求,又赋长律》:"闹处相挨如有意,静中背立见无聊。"《佩文斋书画谱》卷一四释仲仁《梅谱·口诀》:"闹处莫闹,闲处莫闲。老嫩依法,新旧分年。"从这些例子来看,方中通说"闹"字"形容其杏之红",还不够确切;应当说"形容其花之盛(繁)"。"闹"字是把事物无声的姿态说成好像有声音的波动,仿佛在视觉里获得了听觉的感受。马子严那句词可以和另一南宋人陈造也写西湖春游的一句诗对照:"付与笙歌三万指,平分彩舫聒湖山。"(《江湖长翁文集》卷一八《都下春日》)"聒"是说"笙歌",指嘈嘈切切、耳朵应接不暇的声响;"闹"是说"妆束",相当于"闹妆"的"闹",指花花绿绿、眼睛应接不暇的景象。"聒"和"闹"虽然是同义字,但在马词和陈诗里分别描写两种不同的官能感觉。宋祁、黄庭坚等诗词里"闹"字的用法,也见于后世的通俗语言,例如《儿女英雄传》三八回写一个"小媳妇子"左手举着"闹轰轰一大把子通草花儿、花蝴蝶儿"。形容"大把子花"的那"闹"字被"轰轰"两字申说得再清楚不过了,这也足证明近代"白话"往往是理解古代"文言"最好的帮助。西方语言用"大声叫吵的""砰然作响的"(loud, criard, chiassoso, chillón, knall)指称太鲜明或强烈的颜色,而称暗淡的颜色为"聋聩"(la teinte sourde),不也有助于理解古汉语诗词里的"闹"字吗?用心理学或语言学的术语来说,这是"通感"(synaesthesia)或"感觉挪移"的例子。

在日常经验里，视觉、听觉、触觉、嗅觉、味觉往往可以彼此打通或交通，眼、耳、舌、鼻、身各个官能的领域可以不分界限。颜色似乎会有温度，声音似乎会有形象，冷暖似乎会有重量，气味似乎会有体质。诸如此类，在普通语言里经常出现。譬如我们说"光亮"，也说"响亮"，把形容光辉的"亮"字转移到声响上去，正像拉丁语以及近代西语常说"黑暗的嗓音"（vox fusca）、"皎白的嗓音"（voce bianca），就仿佛视觉和听觉在这一点上有"通财之谊"（Sinnesgütergemeinschaft）。又譬如"热闹"和"冷静"那两个词语也表示"热"和"闹"、"冷"和"静"在感觉上有通同一气之处，结成配偶，因此范成大可以离间说："已觉笙歌无暖热。"（《石湖诗集》卷二九《亲邻招集，强往即归》）李义山《杂纂·意想》早指出："冬日着碧衣似寒，夏月见红似热。"（《说郛》卷五）我们也说红颜色"温暖"而绿颜色"寒冷"，"暖红""寒碧"已沦为诗词套语。虽然笛卡儿以为我们假如没有听觉，就不可能单凭看见的颜色（par la seule vue des couleurs）去认识声音（la connaissance des sons），但是他也不否认颜色和声音有类似或联系（d'analogie ou de rapport entre les couleurs et les sons）。培根的想象力比较丰富，他说：音乐的声调摇曳（the quavering upon a stop in music）和光芒在水面荡漾（the playing of light upon water）完全相同，"那不仅是比方（similitudes），而是大自然在不同事物上所印下的相同的脚迹〞（the same footsteps of nature，treading or printing upon several subjects or matters）。这算得哲学家对通感的巧妙解释。

　　各种通感现象里，最早引起注意的也许是视觉和触觉向听觉的挪移。亚理士多德的心理学著作里已说：声音有〝尖锐〞（sharp）和〝钝重〞（heavy）之分，那是比拟着触觉而来（used by analogy from the sense of touch），因为听、触两觉有类似处。我们的《礼记·乐记》有一节美妙的文章，把听觉和视觉通连：〝故歌者，上如抗，下如队，止如槁木，倨中矩，句中钩，累累乎端如贯珠。〞孔颖达《礼记正义》对这节的主旨作了扼要的说明：〝声音感动于人，令人心想其形状如此。〞《诗·关雎·序》：〝声成文，谓之音。〞孔颖达《毛诗正义》：〝使五声为曲，似五色成文。〞《左传》襄公二九年季札论乐：〝为之歌《大雅》，曰：‘曲而有直体。’〞杜预注：〝论其声。〞这些都真是〝以耳为目〞了！马融《长笛赋》既有《乐记》里那种比喻，又有比《正义》更简明的解释：〝尔乃听声类形，状似流水，又像飞鸿。泛滥溥漠，浩浩洋洋；长矕远引，旋复回皇。〞〝泛滥〞云云申说〝流之〞之〝状〞，〝长矕〞云云申说〝飞鸿〞之〝象〞；《文选》卷一八李善注：〝矕，视也。〞马融自己点明以听通视。《文心雕龙·比兴》历举〝以声比心〞〝以响比辩〞〝以容比物〞等等，还向《长笛赋》里去找例证，偏偏当面错过了〝听声类形〞，这也流露刘勰看诗文时的盲点。《乐记》里〝想〞声音的〝形状〞那一节体贴入微，为后世诗文开辟了途径。

白居易《琵琶行》有传诵的一节：〝大弦嘈嘈如急雨，小弦切切如私语。嘈嘈切切错杂弹，大珠小珠落玉盘。间关莺语花底滑，幽咽泉流冰下难。〞它比较单纯，不如《乐记》描写得那样曲折。白居易只是把各种事物发出的声息——雨声、私语声、珠落玉盘声、鸟声、泉声——来比方〝嘈嘈〞〝切切〞的琵琶声，并非说琵琶大、小弦声〝令人心想〞这种和那种事物的〝形状〞。一句话，他只是把听觉联系听觉，并未把听觉沟通视觉。《乐记》的〝歌者……端如贯珠〞，等于李商隐《拟意》的〝珠串咽歌喉〞，是说歌声仿佛具有珠子的形状，又圆满又光润，构成了视觉兼触觉里的印象。近代西洋钢琴教科书就常说弹出〝珠子般的音调〞（la note perlée，perlend spielen），作家还创造了一个新词〝珠子化〞，来形容嗓子（une voix qui séperle），或者这样描摹鸟声：〝一群云雀儿明快流利地咕咕呱呱，在天空里撒开了一颗颗珠子。〞（Le allodole sgranavano nel cielo le perle del loro limpido gorgheggio.）〝大珠小珠落玉盘〞是说珠玉相触那种清而软的声音，不是说〝明珠走盘〞那种圆转滑溜的〝形状〞，因为紧接着就说这些大大小小的声音并非全是利落〝滑〞顺，也有艰〝难〞涩滞的——〝冰泉冷涩弦凝绝〞。白居易另一首诗《和令狐仆射小饮听阮咸》〝落盘珠历历〞，或韦应物《五弦行》

"古刀幽磬初相触，千珠贯断落寒玉"，还是从听觉联系到听觉，把声音比方声音。白居易《小童薛阳陶吹觱栗歌》"有时婉软无筋骨，有时顿挫生棱节。急声圆转促不断，栗栗鳞鳞如珠贯。缓声展引长有条，有条直直如笔描。下声乍坠石沉重，高声忽举云飘萧"，这才是"心想形状"，《乐记》的"上如抗，下如队……端如贯珠"都有了。元稹《元氏长庆集》卷二七《善歌如贯珠赋》详细阐发《乐记》那一句："美绵绵而不绝，状累累以相成。……吟断章而离离若间，引妙啭而一一皆圆。大小虽伦，离朱视之而不见；唱和相续，师乙美之而谓连。……仿佛成像，玲珑构虚。……清而且圆，直而不散，方同累丸之重叠，岂比沉泉之撩乱。……似是而非，赋《湛露》则方惊缀冕；有声无实，歌《芳树》而空想垂珠。"元稹从"累累贯珠"联想到《诗·小雅》的"湛湛露斯"，思路就像李贺《恼公》的"歌声春草露，门掩杏花丛"。歌如珠，露如珠（例如唐太宗《圣教序》"仙露明珠，讵能方其朗润"；白居易《暮江吟》"可怜九月初三夜，露似真珠月似弓"），两者都是套语陈言，李贺化腐为奇，来一下推移（transference）："歌如珠，露如珠，所以歌如露。"逻辑思维所避忌的推移法，恰是形象思维惯用的手段。李颀《听董大弹胡笳》："空山百鸟散还合，万里浮云阴且晴"，也是"心想形状如此"；"鸟散还合"正像马融《长笛赋》所谓"鸿引复回"。《乐记》："上如抗，下如队"，就是韩愈《听颖师弹琴》："浮云柳絮无根蒂，天地阔远随飞扬。……跻攀分寸不可上，失势一落千丈强。""抗、队"的最好描写是《老残游记》第二回王小玉说鼓书那一段："渐渐的越唱越高，忽然拔了一个尖儿，像一线钢丝似的，抛入天际。……那知他于那极高的地方，尚能回环曲折。……恍如由傲来峰西面，攀登太山的景象，……及至翻傲来峰顶，才见扇子崖更在傲来峰上，及至翻到扇子崖，又见南天门更在扇子崖上，愈翻愈险。……唱到极高的三四叠后，陡然一落，……如一条飞蛇在黄山三十六峰半中腰里盘旋穿插。……愈唱愈低，愈低愈细。……仿佛有一点声音从地底下发出，……忽又扬起，像放那东洋烟火，一个弹子上天，随化作千百道五色火光，纵横散乱……"这样笔歌墨舞也不外"听声类形"四字的原理罢了。

钱锺书（1910—1998），中国现代作家、学者，著有《围城》《人·兽·鬼》《写在人生边上》《谈艺录》《宋诗选注》《管锥编》《七缀集》等。

钱锺书先生学贯中西、通达古今，他的文章往往旁征博引，探幽入微。本文所论的"通感"，是受过初级教育的人都能理解的语言修辞方法之一，对读者来说并不陌生，但令人钦佩不已的是钱先生举例的功夫，大量的材料看似信手拈来又恰到好处，引用的范例繁而不乱，读来也饶有趣味。尽管后人中不少对通感进行了大量论述，却始终绕不开钱先生的《通感》。

这篇文章只提到中国古典文学中的通感现象，其实现当代文学中也不乏使用通感的例子，比如朱自清的《荷塘月色》在形容荷花淡淡的清香时说"仿佛远处高楼上渺茫的歌声似的"，便是将嗅觉与听觉联系起来了。

人间词话（节选）①

王国维 著

1.词以境界为最上。有境界则自成高格，自有名句②。五代、北宋之词所以独绝者在此。〔31〕

2.有造境，有写境，此"理想"与"写实"二派之所由分。然二者颇难分别。因大诗人所造之境，必合乎自然，所写之境，亦必邻于理想故也。③〔32〕

3.有有我之境，有无我之境。"泪眼问花花不语，乱红飞过秋千去""可堪孤馆闭春寒，杜鹃声里斜阳暮"，有我之境也。"采菊东篱下，悠然见南山""寒波澹澹起，白鸟悠悠下"，无我之境也。有我之境，以我观物，故物皆著我之色彩。无我之境，以物观物，故不知何者为我，何者为物。④古人为词，写有我之境者为多，然未始不能写无我之境，此在豪杰之士能自树立耳。〔33〕

---

① 选自《人间词话》，四川人民出版社，1981年版。
② "自成高格，自有名句"，初稿为"不期工而自工"。本则词话末尾〔〕内的数字，是用于标明手稿上排列的次序；下同。
③ 原稿上，这则词话的大多数字旁边都加圈。
④ 原稿在"何者为物"下删去："此即主观诗与客观诗之所由分也。"

4. 无我之境，人惟于静中得之。有我之境，于由动之静时得之。故一优美，一宏壮也。①〔36〕

5. 自然中之物，互相关系，互相限制。②然其写之于文学及美术③中也，必遗其关系、限制之处。④故虽写实家，亦理想家也。又虽如何虚构之境，其材料必求之于自然，而其构造，亦必从自然之法则。故虽理想家，亦写实家也。〔37〕

6. 境非独谓景物也。喜怒哀乐⑤，亦人心中之一境界。故能写真景物、真感情者，谓之有境界；否则谓之无境界。〔35〕

7. "红杏枝头春意闹"，著一"闹"字，而境界全出。"云破月来花弄影"，著一"弄"字，而境界全出矣。〔46〕

8. 境界有大小，不以是而分优劣⑥。"细雨鱼儿出，微风燕子斜"，何遽不若"落日照大旗，马鸣风萧萧"。"宝帘闲挂小银钩"，何遽不若"雾失楼台，月迷津渡"也。〔48〕

9. 严沧浪《诗话》谓："盛唐诸公，唯在兴趣。羚羊挂角，无迹可求。故其妙处，透彻玲珑，不可凑拍。如空中之音、相中之色、水中之影、镜中之象，言有尽而意无穷。"余谓北宋以前之词，亦复如是。然沧浪所谓兴趣，阮亭所谓神韵，犹不过道其面目，不若鄙人拈出"境界"二字，为探其本也。〔78〕

10. 太白纯以气象胜。"西风残照，汉家陵阙"，寥寥八字，

---

① 原稿上，这则词话的每个字旁都加圈。
② 原稿以下有："故不能有完全之美。"
③ 原稿无"及美术"三字。
④ 原稿以下删去："或遗其一部。"
⑤ "喜怒哀乐"四字，原稿上为"感情"。
⑥ "优劣"原稿为"高下"。

遂关千古登临之口^①。后世唯范文正之《渔家傲》，夏英公之《喜迁莺》，差足继武，然气象已不逮矣。〔3〕

11. 张皋文谓飞卿之词，"深美闳约"。余谓此四字唯冯正中足以当之。刘融斋谓"飞卿精艳绝人"，差近之耳。〔4〕

12. "画屏金鹧鸪"，飞卿语也，其词品似之。"弦上黄莺语"，端己语也，其词品亦似之。正中^②词品，若欲于其词句中求之，则"和泪试严妆"，殆近之欤？〔57〕

13. 南唐中主词"菡萏香销翠叶残，西风愁起绿波间"，大有众芳芜秽，美人迟暮之感。乃古今独赏其"细雨梦回鸡塞远，小楼吹彻玉笙寒"。故知解人正不易得。〔5〕

14. 温飞卿之词，句秀也。韦端己之词，骨秀也。李重光之词，神秀也。〔102〕

23. 人知和靖《点绛唇》、圣俞《苏幕遮》、永叔《少年游》三阕为咏春草绝调。不知先有正中"细雨湿流光"五字，皆能摄^③春草之魂者也。〔53〕

24. 《诗经·蒹葭》一篇，最得风人深致。晏同叔之"昨夜西风凋碧树。独上高楼，望尽天涯路"意颇近之。但一洒落，一悲壮耳。〔1〕

25. "我瞻四方，蹙蹙靡所骋"，诗人之忧生也。"昨夜西风凋碧树。独上高楼，望尽天涯路"似之。"终日驰车走，不见所问津"，诗人之忧世也。"百草千花寒食路。香车系在谁家树"似之。〔117〕

---

① 原稿此句为"独有千古"。
② 原稿此处为："'莫雨潇潇郎不归'，当是古词，未必即白傅所作。故白诗云：'吴娘夜雨潇潇曲，自别苏州更不闻。'"后删去。
③ "摄"字初稿为"得"，后改成"写"，最后改为"摄"。

26. 古今之成大事业、大学问者，必经过三种之境界。"昨夜西风凋碧树。独上高楼，望尽天涯路"，此第一境也。"衣带渐宽终不悔，为伊消得人憔悴"，此第二境也。"众里寻他千百度，回头蓦见，那人正在灯火阑珊处"，此第三境也。此等语皆非大词人不能道。然遽以此意解释诸词，恐为晏、欧诸公所不许也。〔2〕

王国维（1877—1927），字静安，号观堂，浙江海宁人，我国近现代学术大师，在哲学、美学、文学、历史学、考古学等方面都有卓绝建树，是最早用西方哲学、美学思想来研究中国古典的实践者之一，对中国传统学术研究而言，具有继往开来的划时代意义。著有《红楼梦研究》《人间词话》等。

　　《人间词话》是王国维最有代表性的文学理论著作，其核心观点就是"境界说"，将"境界"作为文学作品的最高审美特征。作者对"境界"进行了种种区分，同时又强调整体的统一关系。作者参照西方理论里的"理想"与"写实"，将中国文学分出"造境"与"写境"两种，这是就创作态度的差异而言，但他又说两者实则相通。而"有我之境"与"无我之境"的区分，则涉及表达效果的不同。虽然能写出"无我之境"的人并不多，但这两种境界并没有高下之分，只是情感与景物融合的方式不同而已。

　　要达到"无我之境"或者"有我之境"，写作者必须讲求"内美"，《人间词话》借用宋词形容做学问的三个阶段，相当精到。虽然此处王国维谈论的是文学修养，但读者朋友也不妨将它看作年轻人成长的三个境界。

美从何处寻 ①

宗白华 著

啊，诗从何处寻？

在细雨下，点碎落花声，

在微风里，飘来流水音，

在蓝空天末，摇摇欲坠的孤星！

——《流云小诗》

尽日寻春不见春，

芒鞋踏遍陇头云，

归来笑拈梅花嗅，

春在枝头已十分。

——宋罗大经：《鹤林玉露》中载某尼悟道诗

---

① 选自《美从何处寻》，江苏教育出版社，2005 年版。

诗和春都是美的化身，一是艺术的美，一是自然的美。我们都是从目观耳听的世界里寻得它的踪迹。某尼悟道诗大有禅意，好像是说"道不远人"，不应该"道在迩而求诸远"。好像是说："如果你在自己的心中找不到美，那么，你就没有地方可以发现美的踪迹。"

然而梅花仍是一个外界事物呀，大自然的一部分呀！你的心不是"在"自己的心的过程里，在感情、情绪、思维里找到美；而只是"通过"感觉、情绪、思维找到美，发现梅花里的美。美对于你的心，你的"美感"是客观的对象和存在。你如果要进一步认识它，你可以分析它的结构、形象、组成的各部分，得出"谐和"的规律、"节奏"的规律、表现的内容、丰富的启示，而不必顾到你自己的心的活动，你越能忘掉自我，忘掉你自己的情绪波动、思维起伏，你就越能够"漱涤万物，牢笼百态"（柳宗元语），你就会像一面镜子，像托尔斯泰那样，照见了一个世界，丰富了自己，也丰富了文化。人们会感谢你的。

那么，你在自己的心里就找不到美了吗？我说，如果我们的心灵起伏万变，经常碰到情感的波涛、思想的矛盾，当我们身在其中时，恐怕尝到的是苦闷，而未必是美。只有莎士比亚或巴尔扎克把它形象化了，表现在文艺里，或是你自己手之舞之，足之蹈之，把你的欢乐表现在舞蹈的形象里，或把你的忧郁歌咏在有节奏的诗歌里，甚至于在你的平日的行动里、语言里。一句话，就是你的心要具体地表现在形象里，那时旁人会看见你的心灵的美，你自己也才真正地切实地具体地发现你的心里的美。除此以外，恐怕不容易吧！你的心可以发现美的对象（人生的，社会的，自然的），这"美"对于你是客观的存在，不以你的意志为转移。（你的意志只能指使你的眼睛去看它，或不去看它，而不能改变它。你能训练你的眼睛深一层地去认识它，却不能动摇它。希腊伟大的艺术不因中古时代而减少它的光辉。）

宋朝某尼虽然似乎悟道，然而她的觉悟不够深，不够高，她不能发现整个宇宙已经盎然有春意，假使梅花枝上已经春满十分了。她在踏遍陇头云时是苦闷的、失望的。她把自己关在狭窄的心的圈子里。只在自己的心里去找寻美的踪迹是不够的，是大有问题的。王羲之在《兰亭序》里说："仰观宇宙之大，俯察品类之盛，所以游目骋怀，足以极视听之娱，信可乐也。"这是东晋大书法家在寻找美的踪迹。他的书法传达了自然的美和精神的美。不仅是大宇宙，小小的事物也不可忽视。诗人华滋沃斯曾经说过："一朵微小的花对于我可以唤起不能用眼泪表达出的那样深的思想。"

达到这样的、深入的美感，发现这样深度的美，是要在主观心理方面具有条件和准备的。我们的感情是要经过一番洗涤，克服了小己的私欲和利害计较。矿石商人仅只看到矿石的货币价值，而看不见矿石的美的特性。我们要把整个情绪和思想改造一下，移动了方向，才能面对美的形象，把美如实地和深入地反映到心里来，再把它放射出去，凭借物质创造形象给表达出来，才成为艺术。中国古代曾有人把这个过程唤作"移人之情"或"移我情"。琴曲《伯牙水仙操》的序上说：

"伯牙学琴于成连，三年而成。至于精神寂寞，情之专一，未能得也。成连曰：'吾之学不能移人之情，吾师有方子春在东海中。'乃赍粮从之，至蓬莱山，留伯牙曰：'吾将迎吾师！'划船而去，旬日不返。伯牙心悲，延颈四望，但闻海水汩波，山林窅冥，群鸟悲号。仰天叹曰：'先生将移我情！'乃援操而作歌云：'繄洞庭兮流斯护，舟楫逝兮仙不还，移形素兮蓬莱山，欽钦伤宫仙不还。'"

伯牙由于在孤寂中受到大自然强烈的震撼，生活上的异常遭遇，整个心境受了洗涤和改造，才达到艺术的最深体会，把握到音乐的创造性的旋律，完成他的美的感受和创造。这个"移情说"比起德国美学家栗卜斯的"情感移入论"似乎还要深刻些，因为它说出现实生活中的体验和改造是"移情"的基础呀！并且"移易"和"移入"是不同的。

这里我所说的"移情"应当是我们审美的心理方面的积极因素和条件，而美学家所说的"心理距离""静观"，则构成审美的消极条件。女子郭六芳有一首诗《舟还长沙》说得好：

侬家家住两湖东，

十二珠帘夕照红，

今日忽从江上望，

始知家在画图中。

自己住在现实生活里，没有能够把握它的美的形象。等到自己对自己的日常生活有相当的距离，从远处来看，才发现家在画图中，溶在自然的一片美的形象里。

但是在这主观心理条件之外，也还需要客观的物的方面的条件。在这里是那夕照的红和十二珠帘的具有节奏与和谐的形象。宋人陈简斋的海棠诗云："隔帘花叶有辉光。"帘子造成了距离，同时它的线文的节奏也更能把帘外的花叶纳进美的形象，增强了它的光辉闪灼，呈显出生命的华美，就像一段欢愉生活嵌在素朴而具有优美旋律的歌词里一样。

这节奏、这旋律、这和谐等等，它们是离不开生命的表现，它们不是死的机械的空洞的形式，而是具有丰富内容，有表现、有深刻意义的具体形象。形象不是形式，而是形式和内容的统一，形式中每一个点、线、色、形、音、韵，都表现着内容的意义、情感、价值。所以诗人艾里略说："一个造出新节奏的人，就是一个拓展了我们的感情并使它更为高明的人。"又说"创造一种形式并不是仅仅发明一种格式、一种韵律或节奏，而且也是这种韵律或节奏的整个合式的内容的发觉。莎士比亚的十四行诗并不仅是如此这般的一种格式或图形，而是一种恰是如此思想感情的方式″，而具有着理想的形式的诗是″如此这般的诗，以致我们看不见所谓诗，而但注意着诗所指示的东西″（《诗的作用和批评的作用》）。这里就是″美″，就是美感所受的具体对象。它是通过美感来摄取的美，而不是美感的主观的心理活动自身——就像物质的内部结构和规律是抽象思维所摄取的，但自身却不是抽象思维而是具体事物。所以专在心内搜寻是达不到美的踪迹的。美的踪迹要到自然、人生、社会的具体形象里去找。

但是心的陶冶、心的修养和锻炼是替美的发现和体验作准备的。创造″美″也是如此。捷克诗人里尔克在他的《柏列格的随笔》里有一段话精深微妙，梁宗岱曾把它译出，现介绍如下：

″……一个人早年作的诗是这般乏意义，我们应该毕生期待和采集，如果可能，还要悠长的一生；然后，到晚年，或者可以写出十行好诗。因为诗并不像大家所想象，徒是情感（这是我们很早就有了的），而是经验。单要写一句诗，我们得要观察过许多城许多人许多物，得要认识走兽，得要感到鸟儿怎样飞翔和知道小花清晨舒展的姿势。得要能够回忆许多远路和僻境，意外的邂逅，眼光光望它接近的分离，神秘还未启明的童年，和容易生气的父母，当他给你一件礼物而你不明白的时候（因为那原是为别一人设的欢喜）和离奇变幻的小孩子的病，和在一间静穆而紧闭的房里度过的日子，海滨的清晨和海的自身，和那与星斗齐飞的高声呼号的夜间的旅行——而单是这些犹未足，还要享受过许多夜不同的狂欢，听过妇人产时的呻吟，和坠地便瞑目的婴儿轻微的哭声，还要曾经坐在临终人的床头和死者的身边，在那打开的、外边的声音一阵阵拥进来的房里。可是单有记忆犹未足，还要能够忘记它们，当它们太拥挤的时候，还要有很大的忍耐去期待它们回来。因为回忆本身还不是这个，必要等到它们变成我们的血液、眼色和姿势了，等到它们没有了名字而且不能别于我们自己了，那么，然后可以希望在极难得的顷刻，在它们当中伸出一句诗的头一个字来。"

这里是大诗人里尔克在许许多多的事物里、经验里，去踪迹诗，去发现美，多么艰辛的劳动呀！他说：诗不徒是感情，而是经验。现在我们也就转过方向，从客观条件来考察美的对象的构成。改造我们的感情，使它能够发现美。中国古人曾经把这唤作"移我情"，改变着客观世界的现象，使它能够成为美的对象，中国古人曾经把这唤作"移世界"。

"移我情""移世界"，是美的形象涌现出来的条件。

我们上面所引长沙女子郭六芳诗中说过"今日忽从江上望，始知家在画图中"，这是心理距离构成审美的条件。但是"十二珠帘夕照红″，却构成这幅美的形象的客观的积极的因素。夕照、月明、灯光、帘幕、薄纱、轻雾，人人知道是助成美的出现的有力的因素，现代的照相术和舞台布景知道这个而尽量利用着。中国古人曾经唤作″移世界″。

明朝文人张大复在他的《梅花草堂笔谈》里记述着：

″邵茂齐有言，天上月色能移世界。果然！故夫山石泉涧，梵刹园亭，屋庐竹树，种种常见之物，月照之则深，蒙之则净。金碧之彩，披之则醇；惨悴之容，承之则奇。浅深浓淡之色，按之望之，则屡易而不可了。以至河山大地，邈若皇古；犬吠松涛，远于岩谷；草生木长，闲如坐卧；人在月下，亦尝忘我之为我也。

″今夜严叔向，置酒破山僧舍，起步庭中，幽华可爱，旦视之，酱盆纷然，瓦石布地而已，戏书此以信茂齐之语，时十月十六日，万历丙午三十四年也。″

月亮真是一个大艺术家,转瞬之间替我们移易了世界,美的形象,涌现在眼前。但是第二天早晨起来看，瓦石布地而已。于是有人得出结论说：美是不存在的。我却要更进一步推论说，瓦石也只是无色、无形的原子或电磁波，而这个也只是思想的假设，我们能抓住的只是一堆抽象数学方程式而已。究竟什么是真实的存在？所以我们要回转头来说，我们现实生活里直接经验到的、不以我们的意志为转移的、丰富多彩的、有声有色有形有相的世界就是真实存在的世界，这是我们生活和创造的园地。所以马克思很欣赏近代唯物论的第一个创始者培根的著作里所说的物质以其感觉的诗意的光辉向着整个的人微笑（见《神圣家族》），而不满意霍布斯的唯物论里"感觉失去了它的光辉而变为几何学家的抽象感觉，唯物论变成了厌世论"。在这里物的感性的质、光、色、声、热等不是物质所固有的了，光、色、声中的美更成了主观的东西。于是世界成了灰白色的骸骨，机械的死的过程。恩格斯也主张我们的思想要像一面镜子，如实地反映这多彩的世界。美是存在着的！世界是美的，生活是美的。它和真和善是人类社会努力的目标，是哲学探索和建立的对象。

美不但是不以我们的意志为转移的客观存在，反过来，它影响着我们，教育着我们，提高生活的境界和意趣。它的力量更大了，它也可以倾国倾城。希腊大诗人荷马的著名史诗《伊利亚特》歌咏希腊联军围攻特罗亚九年，为的是夺回美人海伦，而海伦的美叫他们感到九年的辛劳和牺牲不是白费的。现在引述这一段名句：

特罗亚长老们也一样地高踞城雉，

当他们看见了海伦在城垣上出现，

老人们便轻轻低语，彼此交谈机密：

怪不得特罗亚人和坚胫甲阿开人，

为了这个女人这么久忍受苦难呢，

她看来活像一个青春长驻的女神。

可是，尽管她多美，也让她乘船去吧，

别留这里给我们子子孙孙作祸根。

——引自缪朗山译《伊利亚特》

荷马不用浓丽的词藻来描绘海伦的容貌，而从她的巨大的残酷的影响和力量轻轻地点出她的倾国倾城的美。这是他的艺术高超处，也是后人所赞叹不已的。

我们寻到美了吗？我说，我们或许接触到美的力量，肯定了它的存在，而它的无限的丰富内涵却是不断地待我们去发现。千百年来的诗人艺术家已经发现了不少，保藏在他们的作品里，千百年后的世界仍会有新的表现。每一个造出新节奏来的人，就是拓展了我们的感情并使它更为高明的人！

宗白华（1897—1986），原名之櫆，字伯华，生于安徽省安庆市，祖籍江苏常熟。他是著名哲学家、美学家、诗人，是我国现代美学的先行者和开拓者，被誉为"融贯中西艺术理论的一代美学大师"。著有《中国艺术意境之诞生》《中国美学史中重要问题的初步探索》《美学散步》《康德美学思想评述》等。

　　《美从何处寻》所讨论的是诗歌、音乐、绘画、雕塑、戏剧以及书法等多种艺术形式中所隐藏的美，宗白华先生用生动的文笔为我们打开一段绚丽多姿的寻美之路。他认为美是客观的，是不以人的意志为转移的，美的踪迹要到自然、人生、社会的具体形象里去找。而为了探寻美的踪迹，可以从两方面入手："移我情"——改造我们的感情，使它能够发现美；或者"移世界"——改变着客观世界的现象，使它能够成为美的对象。

散文的声音节奏[①]

朱光潜 著

咬文嚼字应从意义和声音两方面着眼。上篇我们只谈推敲字义，没有提到声音。声音与意义本不能强分，有时意义在声音上见出还比在习惯的联想上见出更微妙，所以有人认为讲究声音是行文的最重要的功夫。我们把这问题特别另作专篇来讨论，也就因为这个缘故。我们把诗除外，因为诗要讲音律，是人人都知道的，而且从前人在这方面已经说过很多的话。至于散文的声音节奏在西方虽有语音学专家研究，在我国还很少有人注意。一般人谈话写文章（尤其是写语体文），都咕咕喽喽地滚将下去，管他什么声音节奏！

从前人作古文，对声音节奏却也很讲究。朱子说：〝韩退之、苏明允作文，敝一生之精力，皆从古人声响处学。〞（语出《朱子语类》卷三十一。）韩退之自己也说：〝气盛则言之短长，声之高下，皆宜。〞（语出韩愈《答李翊书》。原文稍有不同。）清朝桐城派文家学古

[①]选自《谈美·谈文学》，人民文学出版社，1988年版。

文，特重朗诵，用意就在揣摩声音节奏。刘海峰〔即刘大櫆（1698—1779）。字才甫，一字耕南，海峰是他的号。桐城（今属安徽省）人。清代散文家。著有《海峰先生集》《论文偶记》〕谈文，说："学者求神气而得之音节，求音节而得之字句，思过半矣。"（语出《论文偶记》。原文稍有不同。）姚姬传〔即姚鼐（1732—1815），姬传是他的字。桐城（今属安徽省）人。清代散文家〕甚至谓："文章之精妙不出字句声色之间，舍此便无可窥寻。"（语出《尺牍·与石甫侄孙》。）此外古人推重声音的话还很多，引不胜引。

声音对于古文的重要可以从几个实例中看出。

范文正公作《严先生祠堂记》，收尾四句歌是："云山苍苍，江水泱泱，先生之德，山高水长。"他的朋友李太伯看见，就告诉他："公此文一出名世，只一字未妥。"他问何字，李太伯说："先生之德，不如改先生之风。"他听着很高兴，就依着改了。"德"字与"风"字在意义上固然不同，最重要的分别还在声音上面。"德"字仄声音哑，没有"风"字那么沉重响亮。

相传欧阳公作《画锦堂记》已经把稿子交给来求的人，而那人回去已经走得很远了，猛然想到开头两句"仕宦至将相，锦衣归故乡"，应加上两个"而"字，改为"仕宦而至将相，锦衣而归故乡"，立刻就派人骑快马去追赶，好把那两个"而"字加上。我们如果把原句和改句朗诵来比较看，就会明白这两个"而"字关系确实重大。

原句气局促，改句便很舒畅；原句意直率，改句便有抑扬顿挫。从这个实例看，我们也可以知道音与义不能强分，更动了声音就连带地更动了意义。"仕宦而至将相"比"仕宦至将相"意思多一个转折，要深一层。

古文难于用虚字，最重要的虚字不外承转词（如上文"而"字）、肯否助词（如"视之，石也"的"也"字），以及惊叹疑问词（如"独吾君也乎哉？"句尾三虚字）几大类。普通说话声音所表现的神情也就在承转、肯否、惊叹、疑问等地方见出，所以古文讲究声音，特别在虚字上做功夫。《孔子家语》往往抄袭《檀弓》而省略虚字，神情便比原文差得远，例如："仲子亦犹行古之道也"（《檀》）比"仲子亦犹行古人之道"（《语》），"予恶夫涕之无从也"（《檀》）比"予恶夫涕而无以将之"（《语》），"夫子为弗闻也者而过之"（《檀》）比"夫子为之隐佯不闻以过之"（《语》），风味都较隽永。柳子厚《钴鉧潭记》收尾："于以见天之高，气之回，孰使予乐居夷而忘故土者，非兹潭也欤？"如果省去两个"之"字为"天高气回"，省去"也"字为"非兹潭欤"，风味也就不如原文。

古文讲究声音，原不完全在虚字上面，但虚字最为紧要。此外段落的起伏开合，句的长短，字的平仄，文的骈散，都与声音有关。这须拿整篇文章来分析，才说得明白，不是本文篇幅所许可的。从前文学批评家常用"气势""神韵""骨力""姿态"等词，看来好像有些故弄玄虚，其实他们所指的只是种种不同的声音节奏。声音节奏在科学文里可不深究，在文学文里却是一个最主要的成分，因为文学须表现情趣，而情趣就大半要靠声音节奏来表现，犹如在说话时，情感表现于文字意义的少，表现于语言腔调的多，是一个道理。从前人研究古文，特别着重朗诵。姚姬传说："大抵学古文者必要放声疾读，又缓读，只久之自悟。若但能默看，即终身作外行也。"读有读的道理，就是从字句中抓住声音节奏，从声音节奏中抓住作者的情趣、"气势"或"神韵"。自己作文，也要常拿来读；读，才见出声音是否响亮，节奏是否流畅。

领悟文字的声音节奏，是一件极有趣的事。普通人以为这要耳朵灵敏，因为声音要用耳朵听才生感觉。就我个人的经验来说，耳朵固然要紧，但是还不如周身筋肉。我读音调铿锵节奏流畅的文章，周身筋肉仿佛做同样有节奏的运动；紧张，或是舒缓，都产生出极愉快的感觉。如果音调节奏上有毛病，我的周身筋肉都感觉局促不安，好像听厨子刮锅烟似的。我自己在作文时，如果碰上兴会，筋肉方面也仿佛在奏乐，在跑马，在荡舟，想停也停不住。如果意兴不佳，思路枯涩，这种内在的筋肉节奏就不存在，尽管费力写，写出来的文章总是吱咯吱咯的，像没有调好的弦子。我因此深信声音节奏对于文章是第一件要事。

我们放弃了古文来作语体文，是否还应该讲声音节奏呢？维护古文的人以为语体文没有音调，不能拉着嗓子读，于是就认为这是语体文的一个罪状。作语体文的人往往回答说：文章原来只是让人看的，不是让人唱的，根本就用不着什么音调。我看这两方面的话都不很妥当。既然是文章，无论古今中外，都离不掉声音节奏。古文和语体文的不同，不在声音节奏的有无，而在声音节奏形式化的程度大小。古文的声音节奏多少是偏于形式的，你读任何文章，大致都可以拖着差不多的调子。古文能够拉着嗓子读，原因也就在它总有个形式化的典型，犹如歌有乐谱，固然每篇好文章于根据这典型以外还自有个性。语体文的声音节奏就是日常语言的自然流露，不主故常。我们不能拉着嗓子读语体文，正如我们不能拉着嗓子谈话一样。但是语体文必须念着顺口，像谈话一样，可以在长短轻重缓急上面显出情感思想的变化和生展。古文好比京戏，语体文好比话剧。它们的分别是理想与写实、形式化与自然流露的分别。如果讲究得好，我相信语体文比古文的声音节奏应该更生动，更有味。

不拘形式，纯任自然，这是语体文声音节奏的特别优点。因此，古文的声音节奏容易分析，语体文的声音节奏却不易分析。刘海峰所说的"无一定之律，而有一定之妙"，用在语体文比用在古文上面还更恰当。我因为要举例说明语体文的声音节奏，拿《红楼梦》和《儒林外史》来分析，又拿老舍、朱自清、沈从文几位文字写得比较好的作家来分析，我没有发现旁的诀窍，除掉〝自然〞〝干净〞〝浏朗〞几个优点以外。比如说《红楼梦》二十八回宝玉向黛玉说心事：

当初姑娘来了，那不是我陪着顽笑！凭我心爱的，姑娘要，就拿去；我爱吃的，听见姑娘也爱吃，连忙的收拾的干干净净，收着；等着姑娘到来，一桌子吃饭，一床儿上睡觉。丫头们想不到的，我怕姑娘生气，我替丫头们想到。我心里想着：姊妹们从小儿长大，亲也罢，热也罢，和气到了底，才见的比别人好。如今谁承望姑娘人大心大，不把我放在眼睛里！……

这只是随便挑出的，你把全段念着看，看它多么顺口，多么能表情，一点不做作，一点不拖沓。如果你会念，你会发现它里面也有很好的声音节奏。它有骈散交错、长短相间、起伏顿挫种种道理在里面，虽然这些都是出于自然，没有很显著的痕迹。

我也分析过一些写得不很好的语体文，发现文章既写得不好，声音节奏也就不响亮流畅。它的基本原因当然在作者的思路不清楚，情趣没有洗练得好，以及驾驭文字的能力薄弱。单从表面看，语体文的声音节奏有毛病，大致不外两个原因。第一个原因是文白杂糅，像下面随意在流行的文学刊物上抄来的两段：

摆夷的垄山多半是在接近村寨的地方，并且是树林荫翳，备极森严。其中荒塚累累，更增凄凉的成分。这种垄山恐怕就是古代公有墓园的遗风。故祭垄除崇拜创造宇宙的神灵外，还有崇拜祖先的动机。……

他的丑相依然露在外面，欺哄得过的无非其同类不求认识人格之人而已。然进一步言之，同类人亦不能欺哄，因同类人了解同类人尤其清楚。不过，有一点可得救的，即他们不求自反自省，所以对人亦不曾，且亦不求分析其最后之人格，此所以他们能自欺兼以欺人……

这些文章既登在刊物上，当然不能算是最坏的例子，可是念起来也就很"别扭"。我们不能像读古文一样拖起调子来哼，又不能用说话或演戏的腔调来说。第一例用了几句不大新鲜的文言，又加上"增""故"两个作文言文用法的字，显得非驴非马，和上下文不调和。第二例除掉杂用文言文的用字法以外，在虚字上面特别不留心。你看："无非……而已……然……不过……即……所以……亦……且亦……此所以……兼以……"一条线索多么纠缠不清！语体文的字和辞不够丰富，须在文言文里借用，这是无可反对的。语体文本来有的字和辞，丢着不用，去找文言文的代替字，那何不索性作文言文？最不调和的是在语体文中杂用文言文所特有的语句组织，使读者不知是哼好还是念好。比如说，"然进一步言之，同类人亦不能欺哄，因同类人了解同类人尤其清楚"一段话如果写成纯粹的语体文，就应该是："但是进一步来说，同类人也难得欺哄，因为同类人了解同类人更加清楚。"这样，我们说起来才顺口，才有自然的节奏。

其次，没有锤炼得好的欧化文在音调节奏上也往往很糟，像下面的例子：

当然这不是说不要想象，而且极需要想象给作品以生动的色彩。但是想象不是幻想而是有事实，或经验作根据。表现可能的事实，这依然对现象忠实，或者更忠实些。我们不求抓住片段的死的事实，而求表现真理。因为真理的生命和常存，那作品也就永远是活的。……

春来了，花草的生命充分表现在那嫩绿的枝叶和迷乱的红云般花枝，人的青春也有那可爱的玉般肢体和那苹果似的双颊呈现……

作者很卖力气，我们可以想象得到。但是这样生硬而笨重的句子里面究竟含有什么深奥的道理？第一例像是一段生吞活剥的翻译，思路不清楚，上下不衔接（例如第一句"而且"接什么？"可能的事实"

成什么话？作者究竟辩护想象，还是主张对现象忠实，还是赞扬真理？），音调节奏更说不上。第二例模仿西文堆砌形容词，把一句话（本来根本不成话，那双颊是人的还是青春的？）拖得冗长，念起来真是佶屈聱牙。从这个实例看，我们可以明白思路和节奏的密切关系，思想错乱，节奏就一定错乱；至于表面上欧化的痕迹还是次要的原因。适宜程度的欧化是理应提倡的，但是本国语文的特性也应当顾到。用外国文语句构造法来运用中文，用不得当，就像用外国话腔调说中国话一样滑稽可笑。

我在这里只是随意举例说明声音节奏上的毛病，对所引用的作者并非要作恶意的批评，还请他们原谅。语体文还在试验时期，错误人人都难免。我们既爱护语体文，就应该努力使它在声音节奏上比较完美些，多给读者一些愉快，少给责难者一些口实。这事要说是难固然是难，要说是容易也实在容易。先把思想情感洗练好，下笔时你就当作你是在谈话，让思想情感源源涌现，力求自然。你在向许多人说话，要说服他们，感动他们，当然不能像普通谈话那样无剪裁，无伦次。你须把话说得干净些，响亮些，有时要斩截些，有时要委婉些。照这样办，你的文章在声音节奏上就不会有毛病。旁人读你的文章，就不但能明白你的意思，而且听得见你的声音，看得见你的笑貌。"如闻其语，如见其人。"你于是成为读者的谈心的朋友，你的话对于他也就亲切有味。

朱光潜（1897—1986），笔名孟实、盟石，安徽桐城人，中国现代美学家、文艺理论家、教育家、翻译家，是中国最早介绍并研究黑格尔的学者之一。主要著作有《文艺心理学》《克罗齐哲学述评》《西方美学史》等，并翻译了《歌德谈话录》、柏拉图的《文艺对话集》、G.E.莱辛的《拉奥孔》等作品。

　　朱光潜的美学、文艺学思想以人文主义为核心，结合现代心理学，将现代人文主义心理学的美学思想运用于文学研究。本文谈的是散文的声音节奏。前人作文，讲究语音的抑扬顿挫。句的长短，字的平仄，文的骈散，都与声音节奏有关，因为声音节奏与意义本来就不能完全分开，而且有时声音节奏表达的意义要大过字词的联想的意义。作者举正反两方面的例子评述，希望人们在读书作文时，注意声音的悦耳，节奏的抑扬。

荆棘路上

探索的路上总是满布荆棘，只有勇敢的人，才能一步步追寻自己的理想，人类也因此才能逐步前进。这里的几篇文章，从不同角度思考了人类社会中存在的种种现象与观念，有对自由、命运和爱的探讨，也有对不同类型的人的分析。文章有爱憎，有辨析，让我们可以思索，可以感受，也可以看到人类在荆棘路上摸索前行的身影。

凡夫俗子批判①

[德国] 叔本华 著　秦典华 译

　　日常生活，一旦没有激情来刺激，便会令人感到沉闷厌烦，枯燥乏味，有了激情，生活又很快变得痛苦不堪。唯有那些被自然赋予了超凡理智的人，才是幸福的人；因为这能够使他们过理智的生活，过无痛苦的趣味横生的生活。仅仅只有闲暇自身，即只有意志的作用，而无理智，那是很不够的，必须有实在的超人的力量，要免于意志的作用而求助于理智。正如塞涅卡所说：无知者的闲暇莫过于死亡，等于生存的坟墓。由于心灵的生活随着实在的能力的变化而变化，因此心灵的生活能够无止境地展开。心灵的生活不仅能抵御烦恼，而且能够防止烦恼的有害影响。它使我们免交坏朋友，避开许多危险、灾难以及奢侈浪费，而那些把自己的幸福完全建立在外部世界的人，则不可避免地要遇到这一切。如我的哲学虽然从来没有给我赢得一个小钱，但它为我节省了许多开销。

---

①选自《大学人文读本——人与自我》，广西师范大学出版社，2002 年版。

　　凡夫俗子们把他们的身外之物当作生活幸福的根据，如财产、地位、妻室儿女、朋友、社交，以及诸如此类的一切，所以，一旦他失去了这些，或者一旦这些使他失望，那么，他的幸福的基础便全面崩溃了。换言之，他的重心并不在他自身。而因为各种愿望和奇怪的想法在不断地变化着，如若他是一位有资产的人，那么他的重心有时是他的乡间宅第，有时则是买马，或宴请友人，或旅行——简单地说，过着奢侈豪华的生活，这也就是他从他的身外之物寻找快乐的原因。在论及相反情况以前，我们先比较一下在两个极端之中的这一类人，这种人并没有杰出的精神能力，但其理智又多少比一般人要多一些。他对艺术的爱好只限于粗浅的涉猎，或者只对某个科学的分支有兴趣——如植物学，或物理学、天文学、历史，并能在这种研究中找到极大的乐趣，有朝一日，那些导致幸福的外在推动力一旦枯竭，或者不再能够满足他，他更会靠这些研究来取悦于他自己。这样的人，可以说，其重心已经部分地存在于他自身之中了，但这种对于艺术的一知半解的爱好与创造性的活动迥然有别；对科学的业余研究容易流于浅疏，而且不可能触及问题的实质。人不应当完全把自己投身到这样的追求上来，或者让这些追求完全充满了整个的生活，以至于对其他任何事物都失去了兴趣。唯有最高的理智能力，即我们称其为天资的东西，无论它把生活看作是诗的主题，还是看作哲学的主题，它要研究所有的时代和一切存在，并力图表达它关于世界的独特的概念。所以，对天才来说，最为急需的乃是无任何干扰的职业、他自己的思想及其作品；他乐于孤寂，闲暇给他愉快，而其余一切都是不必要的，甚至那不啻是一些负担而已。

唯有这样的人，才可以说他的重心完全存在于他自身之中。这就说明了，这样的人——他们极其稀少，无论他们的性格多么优秀，他们都不会对朋友、家庭或总之一般说来的公众，表现出过多的热情和兴趣，而其他的人则常常这样。如果他们心里唯有他们自己，那么他们就不会为失去任何别的东西而沮丧。这就使得他们的性格有了孤寂的基础，由于其他人绝不会使他们感到满意，因而这种孤寂对他们越发有效。总的说来，他们就像本性与别人不同的人，因为他们不断地强烈地感到这种差别，所以他们就像外国人一样，习惯于流离转徙，浪迹天涯，对人类进行一般的思考，用"他们"而非"我们"来指称人类。

所以，我们的结论是，自然赋予他以理智财富的人乃是最幸福的人，主观世界要比客观世界和我们的关系紧密得多。因为无论客观事物是什么，也只能间接地起作用，而且还必须以主观的东西为媒介。

卢西安说，灵魂富有才是唯一真正的富有，其他所有的财宝甚至会导致极大的毁灭。内心丰富的人不需要任何外在的东西，但需要与之相反的宁静和闲暇，发展和锻炼其理智的能力，即享受他的这种财富；简单地说，在他的整个一生中的每时每刻，他只需要表现他自己。如果他注定要以这种特性的心灵影响整个民族，那么他只有一种方式来衡量是否幸福——是否能够使其能力日臻完美并且是否完成了他的使命，其他一切都无足轻重。因此，一切时代里的最有才智的人都赋予无干扰的闲暇以无限的价值，就仿佛它同人本身一样重要。亚里士多德说，幸福由闲暇构成。据第欧根尼·拉尔修记载，苏格拉底称颂闲暇是我们所能拥有的最美好的东西。所以，在《尼各马可伦理学》一书中，亚里士多德指出，献身于哲学的生活是最幸福的生活；或者像他在《政治学》中所说的那样，无论什么能力，只要得到自由发挥，就是幸福。这和歌德在《威廉·迈斯特》中所说的也完全一致，生而有天才并且要利用这种天才的人，在利用其天赋时会得到最大的幸福。

然而，普通人的命运注定难得有无干扰的闲暇，而且它并不属于人的本性，因为一般人命中注定要终生为着他自己和他的家人谋求生活必需品，他为求得生存而艰难相搏，不可能有过多的智力活动。所以，一般人很快就会对无干扰的闲暇感到厌倦，如若没有一些不真实不自然的目的来占有它，如玩乐、消遣，以及所有癖好，人生便会成为一个沉重的负担。由于这个原因，它受到了种种可能性的威胁，正如这句格言所说的——一旦无所事事，最难的莫过于保持平静。另一方面，理智太过超常，便会同变态一样不自然。但是如果一个人拥有超常的理智，那么，他便是一位幸福的人，他所需要的无干扰的闲暇，正好是其他人认为令人感到难以负担的、有害的；一旦缺少了闲暇，他便会成为套上缰绳的珀伽索斯①，便会不幸。如若这两种情况，即外在的和内在的、无干扰的闲暇与极度的理智，碰巧在同一人身上统一起来，那将是一种极大的幸运；如若结局一直令人满意，那么便会享有一种更高级的人生，那免于痛苦和烦恼的人生，免于为着生存而做痛苦斗争的人生，能够享受闲暇的人生（这本身便是自由悠闲的存在）——只需相互中和抵消，不幸便会奔走他方。

　　然而，有些说法和这种看法相反。理智过人意味着性格极度神经质，因而对任何形式的痛苦都极其敏感。而且，这种天赋意味着性格狂热执着，想象更为夸张鲜明，这种想象如影随形、不可分离地伴随着超常的理智能力，它会使具有这种想象的人，产生程度相同的强烈情感，使他们的情感无比猛烈，而寻常的人对于较轻微的情感也深受其苦。世界上产生痛苦的事情比引起快乐的事情多。有人常常似是而非地说道，心灵狭隘的人实质上乃是最幸福的人，虽然他的幸运并不为人所羡慕。关于这一点，我不打算在读者自己进行判断前表明我的看法，尤其因为索福克勒斯自己表明了两种完全相抵触的意见。他说："思想乃是幸福至关重要的因素。"但在别

---

①珀伽索斯：希腊神话中有双翼的飞马，被它踩踏过的地方有泉水涌出，诗人饮了便会产生灵感，所以柏伽索斯乃是诗人灵感的象征。

的地方，他又说：〝没有思想的生活是最快乐的生活。〞《旧约全书》的哲人们也发现他们自己面临着同样的矛盾。如《圣经外传》上写道：〝愚昧无知的生活比死亡还要可怕。〞而在《旧约·传道书》中又说：〝有多少智慧便有多少不幸，创造了知识就等于创造了悲哀。〞

但是，我们说，精神空虚贫乏的人因为其理智狭隘偏执、平庸流俗，所以严格地说，只能称为〝凡夫俗子〞（philister）——这是德语的一种独特表达，属于大学里所流行的俚语；后来使用时，通过类比的方法获得了更高的意义，尽管它仍有着原来的含义，意思是指没有灵感的人，凡夫俗子便是没有灵感的人。我宁愿采取更为偏激的观点，用凡夫俗子这个词来指那些为着并不真实而自以为实在的现实而忙忙碌碌的人。但这样的定义还只是一种抽象模糊的界说，所以并不十分容易理解，在这篇论文里出现这样的定义几乎是不合适的，因为本文的目的就在于通俗。如若我们能令人满意地揭示、辨别凡夫俗子的那些本质特征，那么我们便可以轻而易举地阐明其他定义。我们可以把他们界说为缺少精神需要的人。由此可以得出：

第一，相对他自身，他没有理智上的快乐。如前所说，没有真实的需要，便不会有真正的快乐。凡夫俗子们并非靠了获取知识的欲望，靠着为他们自身着想的远见卓识，也不是依靠那与他们极其接近的富于真正审美乐趣的体验，来给他们的生活灌注活力。如若这种快乐为上流社会所欢迎，那么这些凡夫俗子便会趋之若鹜，他强迫自己这样做，但他们所发现的兴趣只局限在尽可能少的程度。他们唯一真正的快乐是感官的快乐，他们认为只有感官的快乐才能弥补其他方面的损失。在他们看来，牡蛎和香槟酒便是生活的最高目的。他们的生活就是为了获取能给他们带来物质福利的东西。他们确实会为此感到幸福，虽然这会引起他们的一些苦恼。即使沉浸在奢侈豪华的生活之中，他们也不可避免地感到烦恼。为了解除苦恼，他们使用大量的迷幻药物、玩球、看戏、跳舞、打牌、赌博、赛马、玩女人、饮酒作乐、旅行等等，但所有这一切并不能使人免于烦恼，因为哪里没有理智的需要，哪里就不可能有理智的快乐。凡夫俗子们的独特之处就在于呆滞愚笨、麻木不仁，和牲畜极其相似。任何东西也无法使他高兴、激动或感兴趣，那种感官的快乐一旦衰竭，他们的社会交往便即刻成为负担，有人也许就会厌倦打牌了。舍弃那些浮华虚荣的快乐，他可以通过这些虚荣来享受到自己的实实在在的快乐。如他感到自己在财产、地位上，相对其他那些敬重他的人的权势及力量，都高人一等；或者去追随那些富有而且权势显赫的人，依靠着他们的光辉来荣耀自己——这即是英国人称之为"势利鬼"的家伙。

第二，从凡夫俗子的本性来看，由于他没有理智的需要，而只有物质的需求，因而他会与那些能够满足他的物质需要而非精神需要的人进行交往。他把从朋友那里得到任何形式的理智能力看作是最无关紧要的事情；而且，即使他碰巧遇上别人拥有这种能力，那也会引起他的反感甚至憎恶。原因很简单，因为除了令人不快的自卑感外，在他的内心深处感受到一种愚蠢的妒意，而他不得不把这种妒意小心翼翼地隐藏起来，不过这种妒忌有时会变成一种藏而不露的积怨。尽管如此，他也绝不会想到使自己的价值或财富观念与这样一些性质的标准符合一致。他不断地追求着地位、财富、力量和权势，在他眼中，只有这些东西才算是世界上真正一本万利的东西；他志在使自己擅长于谋取这些福利，这便是作为一个没有理智需要之人的结局。对理想毫无兴趣，这是所有庸夫最大的苦恼，而且为免于苦恼，他们不断地需要实在的东西，而实在的东西既不能使人知足，也是危险万分的。当他们一旦对这些失去了兴趣，他们便会疲惫不堪。相反，理想的世界是广阔无边的、平静如水的，它是"来自于我们忧伤领域之后的某种东西"。

导读

　　叔本华（1788—1860），德国哲学家。他对人间的苦难甚为敏感，因而他的人生观带有强烈的悲观主义倾向。他致力于哲学家柏拉图和康德著作的研究，反对黑格尔的绝对唯心主义。代表作品有《作为意志和表象的世界》《论处于自然界中的意志》等。

　　在这篇文章中，作者对"凡夫俗子"进行了批判，他将凡夫俗子界定为"缺少精神需要的人"，指出他们"没有理智上的快乐"，"由于他没有理智的需要，而只有物质的需求，因而他会与那些能够满足他的物质需要而非精神需要的人进行交往"。这里的"凡夫俗子"，也可以理解为市侩，作者对他们进行了鞭辟入里的分析。在这些批评背后，显示出了另一种不同于凡夫俗子的追求，如作者所说："我的哲学虽然从来没有给我赢得一个小钱，但它为我节省了许多开销。""对天才来说，最为急需的乃是无任何干扰的职业、他自己的思想及其作品；他乐于孤寂，闲暇给他愉快，而其余一切都是不必要的，甚至那不啻是一些负担而已。"作者将天才与凡夫俗子两类人进行区分，使我们看到了天才的精神追求之可贵，但在这里，也流露出了作者的精英意识。

聪明人和傻子和奴才 ①

鲁迅 著

奴才总不过是寻人诉苦。只要这样，也只能这样。有一日，他遇到一个聪明人。

"先生！"他悲哀地说，眼泪连成一线，就从眼角上直流下来，"你知道的。我所过的简直不是人的生活。吃的是一天未必有一餐，这一餐又不过是高粱皮，连猪狗都不要吃的，尚且只有一小碗……"

"这实在令人同情。"聪明人也惨然说。

"可不是嘛！"他高兴了，"可是做工是昼夜无休息的：清早担水晚烧饭，上午跑街夜磨面，晴洗衣裳雨张伞，冬烧汽炉夏打扇。半夜要煨银耳，侍候主人耍钱；头钱②从来没分，有时还挨皮鞭……"

"唉唉……"聪明人叹息着，眼圈有些发红，似乎要下泪。

"先生！我这样是敷衍不下去的。我总得另外想法子。可是什么法子呢？……"

---

① 本篇最初发表于 1926 年 1 月 4 日《语丝》周刊第 60 期。
② 头钱：旧社会里提供赌博场所的人向参与赌博者抽取一定数额的钱，叫作头钱，也称抽头。侍候赌博的人，有时也可从中分得若干。

"我想，你总会好起来……"

"是吗？但愿如此。可是我对先生诉了冤苦，又得你的同情和慰安，已经舒坦得不少了。可见天理没有灭绝……"

但是，不几日，他又不平起来了，仍然寻人去诉苦。

"先生！"他流着眼泪说，"你知道的。我住的简直比猪窠还不如。主人并不将我当人；他对他的叭儿狗还要好到几万倍……"

"混账！"那人大叫起来，使他吃惊了。那人是一个傻子。

"先生，我住的只是一间破小屋，又湿，又阴，满是臭虫，睡下去就咬得真可以。秽气冲着鼻子，四面又没有一个窗……"

"你不会要你的主人开一个窗的吗？"

"这怎么行？……"

"那么，你带我去看去！"

傻子跟奴才到他屋外，动手就砸那泥墙。

"先生！你干什么？"他大惊地说。

"我给你打开一个窗洞来。"

"这不行！主人要骂的！"

"管他呢！"他仍然砸。

"人来呀！强盗在毁咱们的屋子了！快来呀！迟一点可要打出窟窿来了！……"他哭嚷着，在地上团团地打滚。

一群奴才都出来了，将傻子赶走。

听到了喊声，慢慢地最后出来的是主人。

"有强盗要来毁咱们的屋子，我首先叫喊起来，大家一同把他赶走了。"他恭敬而得胜地说。

"你不错。"主人这样夸奖他。

这一天就来了许多慰问的人，聪明人也在内。

"先生，这回因为我有功，主人夸奖了我了。你先前说我总会好起来，实在是有先见之明……"他大有希望似的高兴地说。

"可不是嘛……"聪明人也代为高兴似的回答他。

一九二五年十二月二十六日

鲁迅（1881—1936），中国现代著名文学家、思想家和革命家。原名周树人，字豫才，浙江绍兴人。有小说集《呐喊》《彷徨》《故事新编》，散文诗集《野草》，散文集《朝花夕拾》，杂文集《热风》《华盖集》《三闲集》等。

此文是一篇带有讽喻性的散文，通过对聪明人、傻子、奴才等人物的描写，写出了三种不同的人生态度。奴才只懂得诉苦，通过诉苦从别人那里寻得一点安慰；聪明人则对奴才的境遇抱有同情、怜悯的态度，会说些好话，让他把希望寄托在将来，而不谋求当下生活的改变；傻子则与之相反，顷刻间便要通过自己的力量来改变奴才的生活现状，而他的改变却引来了奴才的反对。奴才是苟安于现状的，不仅如此，他还通过阻止傻子获得了主人的夸奖，从而有了聪明人祝福的"好的未来"，这样的结果是出人意料的，但同时也是历史过程中的真实。在这篇短短的文章里，鲁迅写出了对人性与历史的洞见。黑格尔曾以"主奴结构"来分析人类精神史的演变，鲁迅在这里则加上了聪明人和傻子两种类型的人物，如果说聪明人可以理解为鲁迅在文章中不止一次讽刺过的"帮忙"与"帮闲"，傻子则可以说是意图改变世界的"革命者"。那么鲁迅究竟赞同哪一种人生态度呢？对于主人、奴才和聪明人的态度他无疑是有所反对的，但对于傻子，他是否完全赞同呢？我们可以看出鲁迅对傻子持肯定态度，但同时又有所保留，这些从文中描述傻子的语气与傻子的下场可以看出。在这里，鲁迅的态度是复杂的，包含着对历史的洞见。

得　救 [1]

[捷克] 雅·哈谢克 著　水宁尼 译

为什么要绞死巴夏尔，这是无关故事的宏旨的。临刑的前夕，当看守长端着酒肉出现在他牢房里的时候，尽管良心上压积着好些罪愆，他还是禁不住笑逐颜开了。

"这些都是给我的吗？"

"对，对。"看守长深表同情地说，"最后一顿了，您就吃个痛快吧。回头再给您把凉拌黄瓜端来——我一次端不了这么些。"

巴夏尔满意地听完了他的话，便舒舒坦坦地在桌旁坐下，咧嘴一笑，开始狼吞虎咽地嚼起炸牛肉来了。看来他是一条神清气爽的混世虫，要尽量从生活中捞取一切，连这最后的片刻享受也不肯放过。

只有一个念头冲淡了他的食欲，那便是今天早上他收到通知，说他的请赦书已被驳回，只准缓期执行二十四小时。这些巴不得所有囚犯都乖乖地引颈就刑的人们，就要来绞死他，看着他一命呜呼，

他们自己呢，明天、后天甚至好多年以后还是照常活下去，照常在每天晚上悠然地回家，而他巴夏尔早已不在人世了。

他闷闷不乐地想着这些，嘴里塞满炸牛肉。在旁人给他把凉菜和小面包端来的时候，他竟长叹了一声，说想抽口好烟。

大家就给这犯人买来上等烟叶，看守长还亲自给他递上火柴，并且趁便向他大谈上帝的无限天恩，说纵然失掉了尘世上的一切，未始不能在天上……

犯人请求给他再来一份火腿和一升烧酒。

"今天您要什么就有什么，"看守长说，"对像您这种处境的人，我们是没有什么舍不得的。"

"那么就请再添两份肝制香肠吧。另外再来一升黑啤酒我也领情。"

"决不会少您半点儿的，我马上就去吩咐。"看守长殷勤地说，"我们犯得着不讨您喜欢吗？人一辈子也活不了多久，还是多吃多喝点儿的好。"

当看守长将那些酒肴送来的时候，巴夏尔说已经够了。

然而并不如此。

"喂，"他扫光了碟子，说，"我还要一份炸兔肉、一份意大利干酪、一份油焖沙丁鱼和一些别的好菜。"

"您爱吃什么就请点什么好啦。说实在的，看到您的胃口特别好，真叫人打心眼里高兴。您大概不会在天亮以前上吊吧？我看您还是相当正派的。再说，巴夏尔先生，在政府把您绞死以前去自寻短见，对您又有哪点儿好呢？我是实人说实话，这您也是办不到的，办不到的！完全甭朝这上面胡思乱想！您最好还是再来几口啤酒吧。依我看，咱们还处得顺顺溜溜。意大利干酪下啤酒，真是奇妙无比！我再去给您拿两杯来。沙丁鱼和炸兔肉正好做您老兄的下酒菜咧。"

不一会儿，这些佳肴美酒的香味充满了整个牢房。巴夏尔将桌上的杯盘摆弄齐整后，就又大嚼起干酪和沙丁鱼来，一面还左右逢源地喝着啤酒和烧酒。

猛然间他记起了，在他还未入狱的时候，有一次，他也是这样酒足饭饱、心旷神怡地坐在郊外一家餐厅的凉台上进着晚餐。翠绿的树叶在皓月的清辉之下熠熠发光。在他的对面，就像眼前的看守长一样，坐着胖胖的餐厅老板。这一角天堂的主人喋喋不休地饶着舌，不住地向巴夏尔敬酒敬菜……

"讲个笑话给我听吧。"巴夏尔说。于是看守长便给他讲起一个——正如他自己也不讳言的——下流的笑话来。

巴夏尔请求再来一点儿水果、一杯黑咖啡和几块饼干做点心。

他的这个请求也如愿以偿了。在他用完点心之后，牢房里进来了一个狱中牧师，打算给囚犯一番最后的劝慰。

牧师是个神情愉快、和蔼可亲的汉子，如同巴夏尔周围这群为他操心、判他死刑、明天就要绞死他的人一样。他们一个个满面春风，和他们打交道很痛快。

"上帝会使您得到安慰的，"狱中牧师拍着巴夏尔的肩膀说，"明天一早便万事都了啦，不过也用不着垂头丧气，您还是忏悔忏悔，打起精神来瞻望一下天国吧。您要信赖上帝，因为他对每个悔罪的人都十分欢迎。谁要是不肯忏悔，谁就会在牢房里彷徨哭泣，一夜难安。但这对您又有什么好处呢？唉！只不过是自讨苦吃罢了。谁忏悔，谁就能在这最后一夜里睡个好觉，做个好梦。我再重复一遍，老弟，要是您肯洗涤一下灵魂上的罪恶，便会觉得好过得多了。"

谁知巴夏尔陡然面如土色。他直想呕吐，五脏六腑翻动了，却又吐不出来。一阵可怖的痉挛攫住了他的全身。他蜷曲着、痉挛着，额头冷汗淋漓。

这下可把牧师吓坏了。

看守们纷纷跑来，连忙把巴夏尔送进了狱中医院。狱医们一看都摇头。傍晚，巴夏尔发起高烧。子夜以后，医生们宣布他的病况非常险恶，并且一致断定是剧烈中毒。

重病的人照例是不处死的，因此当天夜里并没有在庭心给巴夏尔搭绞架。

相反是替他清洗肠胃，还把那些未被消化的食物残块进行了一番化验，结果发现肝制香肠已经腐烂，含有剧毒。

　　在那家出售香肠的商店里突然光临了一个调查团。调查的结果是那香肠商违反了卫生规定，香肠没有放在冷藏室，而是放在温暖的地方。调查团做完记录，案子就转到检察长手中去了。检察长便以食物保藏不合卫生的罪名，把那商人审讯了一通。

　　在那些治疗巴夏尔的狱医之中，有一位心地善良的年轻医生。他寸步不离地守着那张病床，想尽一切办法来使病人起死回生，因为这件案子实在是太稀罕、太离奇、太有趣了。年轻的医生日夜不懈地护理着巴夏尔。两周以后，他便拍了拍犯人的背道：

　　"您得救啦！"

　　第二天巴夏尔就被依法绞死了，因为他已经有了足够上绞架的健康。

　　使巴夏尔苟延残喘两星期的香肠商被判处了三个星期的徒刑，而救了巴夏尔一命的医生得到了上司的赞扬。

雅·哈谢克（1883—1923），欧洲著名作家。文风幽默，善于以讽刺的笔调书写社会问题，代表作长篇小说《好兵帅克》以一个普通的士兵帅克的从军经历为情节线索，深刻揭露了奥匈帝国统治者的凶恶专横及其军队的腐败堕落，是一部杰出的政治讽刺小说。

　　《得救》是一篇批判现实主义的杰作，讲述了死刑犯巴夏尔在临刑前遭遇食物中毒，被救活后又被处死的故事。在不长的篇幅中，作者淋漓尽致地抨击了当局的僵化、可笑。故事情节一波三折，结局出乎意料却又合乎情理，充满讽刺意味，彰显了哈谢克深厚的批判功力。

　　文章运用反衬的手法，通过巴夏尔吃晚餐时对月色的回忆，将其未入狱时的自由轻松和如今的绝望无奈进行鲜明对比，表现了巴夏尔临刑前对自由生活的向往。结尾言简意赅地交代了"得救"的不可能性，嘲讽了伪善的道德观念和僵化的社会制度。

我的精神家园

王小波 著

　　我十三岁时，常到我爸爸的书柜里偷书看。那时候政治气氛紧张，他把所有不宜摆在外面的书都锁了起来，在那个柜子里，有奥维德的《变形记》，朱生豪译的莎翁戏剧，甚至还有《十日谈》。柜子是锁着的，但我哥哥有捅开它的方法。他还有说服我去火中取栗的办法：你小，身体也单薄，我看爸爸不好意思揍你。但实际上，在揍我这个问题上，我爸爸显得不够绅士派，我的手脚也不太灵活，总给他这种机会。总而言之，偷出书来两人看，挨揍则是我一人挨，就这样看了一些书。虽然很吃亏，但我也不后悔。

　　看过了《变形记》，我对古希腊着了迷。我哥哥还告诉我：古希腊有一种哲人，穿着宽松的袍子走来走去。有一天，有一位哲人去看朋友，见他不在，就要过一块涂蜡的木板，在上面随意挥洒，画了一条曲线，交给朋友的家人，自己回家去了。那位朋友回家，看到那块木板，为曲线的优美所折服，连忙埋伏在哲人家左近，待他出门时闯进去，要过一块木板，精心画上一条曲线……当然，这故事下余的部分就很容易猜了：哲人回了家，看到朋友留下的木板，又取一块蜡板，把自己的全部心胸画在一条曲线里，送给朋友去看，使他真正折服。现在我想，这个故事是我哥哥编的。但当时我还认真地想了一阵，终于傻呵呵地说道：这多好啊。时隔三十年回想起来，我并不羞愧。井底之蛙也拥有一片天空，十三岁的孩子也可以有一片精神家园。此外，人有兄长是好的。虽然我对国家的计划生育政策也无异议。

长大以后，我才知道科学和艺术是怎样的事业。我哥哥后来是已故逻辑大师沈有鼎先生的弟子，我则学了理科；还在一起讲过真伪之分的心得、对热力学的体会，但这已是我二十多岁时的事。再大一些，我到国外去旅行，在剑桥看到过使牛顿体会到万有引力的苹果树，拜伦拐着腿跳下去游水的"拜伦塘"，但我总在回想幼时遥望人类智慧星空时的情景。千万丈的大厦总要有片奠基石，最初的爱好无可替代。所有的智者、诗人，也许都体验过儿童对着星光感悟的一瞬。我总觉得，这种爱好对一个人来说，是不可少的。

我时常回到童年，用一片童心来思考问题，很多繁难的问题就变得易解。人活着当然要做一番事业，而且是人文的事业，就如有一条路要走。假如是有位老学究式的人物，手执教鞭戒尺打着你走，那就不是走一条路，而是背一本宗谱。我听说苏联就是这么教小孩子的：要背全本的普希金、半本莱蒙托夫，还要记住俄罗斯是大象的故乡（肖斯塔科维奇在回忆录里说了很多）。我们这里是怎样教孩子的，我就不说了，以免得罪师长。我很怀疑会背宗谱就算有了精神家园，但我也不想说服谁。安徒生写过《光荣的荆棘路》，他说人文的事业就是一片着火的荆棘，智者仁人就在火里走着。当然，他是把尘世的嚣嚣都考虑在内了，我觉得用不着想那么多。用宁静的童心来看，这条路是这样的：它在两条竹篱笆之中，篱笆上开满了紫色的牵牛花，在每个花蕊上，都落了一只蓝蜻蜓。这样说固然有煽情之嫌，但想要说服安徒生，就要用这样的语言。维特根斯坦临终时说：告诉他们，我度过了美好的一生。这句话给人的感觉就是：他从牵牛花丛中走过来了。虽然我对他的事业一窍不通，但我觉得他和我是一头儿的。

　　……

导读

　　王小波（1952—1997），当代著名学者、作家，代表作有《黄金时代》《白银时代》《青铜时代》等，作品富于想象力，同时具有理性批判精神，擅长以喜剧精神和幽默风格述说关于人类生存状况的荒谬故事，并透过故事描写权力对创造欲望和人性需求的扭曲及压制。

　　《我的精神家园》中王小波回忆了少年时偷看爸爸的书的经历，充满对书籍和知识的渴望，但爱读书并不是学究式的死读书，像王小波在文中所说："我时常回到童年，用一片童心来思考问题，很多繁难的问题就变得易解。"最初的爱好无可替代，回归童心，找寻到自己的精神家园，许多问题便能迎刃而解。

　　本文笔触轻松诙谐，流露着赤子之心，坦诚直率地道出王小波的生活哲学——这世间有智慧在，有趣味在，让我们回归初心，栖息于自己的精神家园，如此才能遥望到诗和远方，自由地在蓝天白云下徜徉。

蔡太师是如何走到尽头的 [1]

李国文 著

　　蔡太师即北宋末期的大臣蔡京。他画好，诗好，字好，文章好。当然，误国殃民，贪赃枉法，窃弄权柄，恣为奸利，也是"好"得不得了，最后，亡国了事。

　　宋人罗大经《鹤林玉露》丙编卷之六载："有士大夫于京师买一妾，自言是蔡太师府包子厨中人。一日，令其做包子，辞以不能。诘之曰：'既是包子厨中人，何为不能做包子？'对曰：'妾乃包子厨中缕葱丝者也。'"

　　如果厨娘所言为实，可想而知，太师府的厨房里，有缕葱丝者，那也必有剥蒜头者，择韭菜者，切生姜者的各色人等，这是毫无疑问的了。连料理作料这般粗活都如此专业化分工，以此类推，红案白案，酒水小吃，锅碗瓢勺，油盐酱醋，更不知该有多少厨师、帮手、采买、杂工，在围着他的这张嘴转。可见，这位中国历史上数得着

―――――――――――――――

[1] 原载《北京晚报》（2010年8月4日）。

的权奸，也是中国历史上数得着的巨贪，在其当朝柄政、权倾天下、为非作恶、丧心病狂之际，那腐败堕落、淫奢糜烂的程度，到了何等猖狂的地步。

蔡京（1047—1126），福建仙游人，字元长，为徽宗朝"六贼"之首。"元祐更化"时，他力挺保守派司马光废除免役法，获重用，绍圣初，又力挺变法派章惇变行免役法，继续获重用。首鼠两端，投机倒把，是个被人不齿的机会主义分子。徽宗即位，因其名声太臭，被劾削位，居杭州。适宦官童贯搜寻书画珍奇南下，蔡京变着法儿笼络这位内廷供奉，得以重新入相。从此，赵佶像吃了他的迷魂药一样，无论蔡京如何打击异己，排斥忠良，窃弄权柄，恣为奸利，宋徽宗总是宠信有加，不以为疑。

所以，朝廷中每一次反蔡风潮掀起，宋徽宗虽然迫于情势，不得不将蔡京降黜一下，外放一下，以抚平民意，但总是很快地将其官复原职。从崇宁元年（1102年）任蔡为尚书右仆射兼中书侍郎起，到靖康元年（1126年）罢其官爵止，二十多年里，赵佶四次罢免了他，又四次起用了他。最后，蔡京年近八十，耳背目昏，步履蹒跚，赵佶仍要倚重他，直到自己退位。

一个好皇帝，碰上一个不好的宰相，国家也许不会出问题；一个不好的皇帝，碰上一个好宰相，国家也许同样不会出问题；但一个不好的皇帝，碰上了一个不好的宰相，那这个国家就必出问题不可。北宋之亡，固然亡在不好的皇帝赵佶手里，也是亡在这个不好的宰相手里。北宋完了的同时，蔡京终于走到头了，老百姓等到了看他垮台失败的这一天。据《宋史》："钦宗即位，徙（蔡京）韶、儋二州，行至潭州死，年八十。""虽谴死道路，天下犹以不正典刑为恨。"

人们虽然没看到蔡京被明正典刑，深以为憾，但要给他一点颜色看看，以泄心头之恨，也以此煞一煞小人得志不可一世的威风。人们忽然悟到，有一个收拾他的绝妙办法，是人人可以不用费力、不需张罗即能做到的，那就是在其充军发配的一路之上，不卖给蔡京一粒粮、一滴油、一叶菜，更甭说一块烙饼、一个馒头或一个包子了。没有发通知，没有贴布告，更没有下命令、发文件，街乡市井、城镇村社、驿站旅店、庄户人家，所有人表现出从来没有过的齐心——让他活生生地饿死！

饥肠饿肚的蔡京，回想当年那山珍海味，那珍肴奇馔，现在连一口家常便饭也吃不着了。那时候，他爱吃一种腌制食品"黄雀酢"，堆满三大间厅堂，他转世投胎一千次也吃不完，现在想闻闻那扑鼻香味也不可能了。那时候，他想吃一个包子，得若干人为之忙前忙后，现在，即使那个缕葱丝的妇女碰上他，也绝不肯将缕下的废物——一堆烂葱皮，给这个饿得两眼翻白的前太师。

中国人对于贪官污吏的憎恨之心、惩罚之意，是绝对一致的，过街老鼠人人喊打的坚定坚决，也是从不动摇的。因此，再也没有比这种饿死蔡京的做法更让人们开心的了。

王明清《挥麈后录》："初，元长之窜也，道中市食饮之物，皆不肯售，至于辱骂，无所不至。乃叹曰：'京失人心，一至于此。'"蔡京虽然饿死了，但不等于所有蔡京式的人物都饿死了，因此，这个陈旧的故事，或许能让有些人，读出一点震慑的新意来。

李国文，1930年出生于上海，原籍江苏省盐城市，当代作家。1957年7月在《人民文学》上发表反对官僚主义的短篇小说《改选》，引起一定反响。1981年出版的长篇小说《冬天里的春天》于1982年获首届茅盾文学奖。

　　本文首先通过讲述蔡京府中厨子分工之细，以小见大，展示出蔡京权势滔天时是何等腐败堕落。其次介绍了历史上蔡京的一生——这位蔡太师在宋徽宗执政时步步高升，备受宠信，权倾天下，终于在宋钦宗继位后被充军发配，百姓对他深恶痛绝，在他发配的路途中不给他一点食物，齐心协力地让他饿死途中。最后作者从这件事引申到中国人对贪官污吏的憎恶之心，希望当今的官员能引以为戒，勤俭为公，拒绝贪污腐败。

　　"水能载舟，亦能覆舟。"为官一任，理应造福一方，倘若只顾自己享乐，鱼肉百姓，那么终将受到百姓的惩罚。作者引经据典，通过描写蔡京走到尽头时的狼狈，警戒世人。

后 记

四年前，与明天出版社的朋友们谈到了"大语文"的话题，自此，他们对"大语文"开始了一往情深的关注。其间，从社长、总编到编辑，与我进行了无数次的交流与讨论。当工作进入实质性阶段后，电话、短信、电子邮件、见面，则更加频繁。他们对这选题表现出了浓烈的兴趣和极大的热情。到了最后，编辑们为了使"大语文"能如期出版并能尽善尽美，甚至陷入焦灼状态。在这里，我要向他们表示敬意和谢意。

参加导读文字撰写工作的同学有：赵晖、李云雷、邓菡彬、文珍、王颖、陈爱强、张清芳、于淑静、史静、蔡郁婉、高寒凝、葛旭东、刘欣玥、王利娟、金信仪、王锐、郑明和、张雨晴、葛诗卉、汪洁。

他们从"人文"，更从"语文"的角度，对文本进行了不落俗套、富有新意的点评。这些点评，切合文本的本意，为阅读者提供了进入文本的最佳途径。

刘晓楠、魏东峰、胡少卿、徐则臣同学，在组织讨论、复印资料、核实文本出处、辨析不同版本之高下等方面，全心全意，细致入微，体现了严谨的学风和令人钦佩的工作态度。部分参加点评的同学如高寒凝、葛旭东等也参与了以上的工作。

最后还要特别感谢丁亚芳女士。事实上，"大语文"的前身是由南京师范大学出版社出版的"第二语文"。当年，作为这一选题的参与者与编辑，她付出了辛勤的劳动。虽然"大语文"与"第二语文"相比，无论是选目还是篇章安排等都有了重大变化，但，依然留有她辛劳的印记。

感谢所有与"大语文"有关的朋友。

曹文轩

二〇一六年四月二十日于途中

在本书的编选过程中，我们得到了许多师友的热情帮助。不过，虽经多方努力，仍有部分作者无法联系上。本书收入的部分文字作品稿酬已委托中国文字著作权协会转付，敬请相关著作权人联系。

电　话：010-65978905

传　真：010-65978905

E-mail：wenzhuxie@126.com